중학생 독후감 필독선80

논술 대비

중학생이 보는

CHAEMANSIK   CHAEMANSIK

레디메이드 인생

채만식 지음
성낙수(한국교원대 교수) · 임현옥(부여여고 교사) · 이승후(경주 감포중 교사) 엮음

좋은 책 좋은 독자를 만드는—
㈜신원문화사

책 머리에 ·

더 이상 언급할 필요도 없지만 요즘은 독서의 중요성이 더욱 강
조되는 시대입니다. 첨단과학으로 이루어진 대중매체 덕분에 눈
으로 읽는 것보다는 말초신경을 자극하는 동영상 쪽으로 관심이
모아지는 데 대한 우려 때문일 것입니다. 꿈과 희망을 가지고 자
라나는 학생들에게는 올바른 사고력과 분별력을 키워 주어야 합
니다. 그런 점에서 다른 사람들의 생각과 철학, 인생관과 세계관
이 들어 있는 명작들을 많이 읽는 것이야말로 바람직한 학습 효
과를 거둘 수 있는 지름길이라 생각합니다.

명작은 오랜 세월에 걸쳐 많은 사람들이 읽고 크게 감동을 받은
인정된 작품들로서, 청소년들의 삶에 지침이 되어 주고 인생관에
변화를 주게 될 것입니다.

이번에 중학생들에게 꼭 읽히고 싶은 명작들을 선정하여, 작품
을 바르게 감상하고 독후감을 쓰는 데 도움을 주고자 이 시리즈
를 기획하게 되었습니다. 작품들은 동서고금에 걸쳐 객관적으로
인정받은, 훌륭한 대상만을 선정하였습니다. 그리고 책의 구성을
다음과 같이 하여, 읽고 쓰는 데 도움이 되도록 하였습니다.

하나, 삶에 대한 지혜와 용기를 주고 중학생이라면 꼭 읽어야

할 명작만을 골랐습니다.

둘, 명작을 읽고 난 후의 솔직한 느낌을 논리적 · 체계적으로 쓸 수 있도록 중학생들의 독후감 작성에 따르는 부담을 덜어 주도록 구성하였습니다.

셋, 작품 알고 들어가기, 내용 훑어보기, 작품 분석하기, 등장인물 알기를 통해 작품을 분석하는 힘을 기를 수 있도록 하였습니다.

넷, 작가 들여다보기, 시대와 연관짓기, 작품 토론하기 등을 통해 작가의 일생을 알고 시대의 흐름을 파악하여 상상력과 창의력을 키워 주도록 하였습니다.

다섯, 독후감 예시하기와 독후감 제대로 쓰기에서는 책을 읽는 방법과 독후감 모범 답안 실례를 제시함으로써 문장력을 길러주는 한편 독후감 쓰기의 충실한 길라잡이가 되도록 했습니다.

아무쪼록 이 책들이 중학생들의 학습 능력 향상에 큰 도움이 되길 빌어 마지 않습니다.

엮은이 성 낙 수

차 례

◆ 일러두기

1. 본문은 기본적으로 원문에 충실함을 그 기본으로 하되, 현재 잘 쓰이지 않
   는 고어나 이해하기 어려운 방언은 현대 어법에 맞는 쉬운 말로 고쳐 썼다.

2. 원본의 한자는 가급적 한글로 바꾸었으며, 작품 이해에 도움이 될 만한 한
   자는 그대로 두고 '〔 〕'나 '( )' 안에 넣었다.

3. 본문의 의미를 지나치게 훼손할 우려가 있는 말들은 원문 그대로 게재하고
   각주를 달았다.

4. 이 책에서 책명은 《 》으로, 편명이나 논문 등은 〈 〉로 표기하였다.

중학생이 보는

CHAEMANSIK   CHAEMANSIK

레디메이드 인생

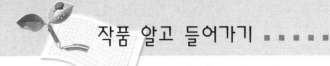

작품 알고 들어가기 . . . .

    중국의 시서(詩書)인《시경》에 이런 글이 실려 있습니다. "시에는 육의(六義)가 있는데 그 하나를 풍(風)이라 한다. 상(上)으로써 하(下)를 풍화(風化)하고, 하로써 상을 풍자(風刺)한다...... 이는 말하는 자 죄 없으며 이를 듣는 자 훈계로 삼을 가치가 있다......."

    여러분들이 지금까지 읽어 온 책들 중에는 아마도 이와 같은 풍자 소설들이 알게 모르게 많이 포함되어 있을 겁니다. 자, 기억을 되살려 볼까요? 조나단 스위프트의《걸리버 여행기》는 우리에게 동화로 더 잘 알려져 있지만, 사실 그 안에는 18세기 영국의 정치·종교의 위선적 행동과 권위적인 태도를 비판하고 있습니다. 그리고 우스꽝스러운 돈 키호테와 그의 부하 산초의 좌충우돌 이야기로 유명한 세르반테스의《돈 키호테》역시, 당시 유행하던 기사도를 패러디한 작품입니다.
    이처럼 풍자 소설은 위트와 익살 속에 세상을 비판하는 작가의 목소리가 배어 있습니다.

채만식의 작품들은 그런 의미에서 우리 나라의 대표적 풍자 소설이라 볼 수 있습니다. 일제 강점기 시절, 국민의 장래를 생각지 않은 문화 정책으로 인해 삶의 희망을 잃고 사는 인텔리들의 모습을 〈레디메이드 인생〉이란 작품 속에 너무도 잘 표현하고 있으니까요. 그의 또 다른 작품 〈치숙〉은 일본인 주인 밑에서 일하는 '나'가 사회주의 운동을 하는 인텔리 아저씨를 시종일관 비꼬고 있는 작품입니다. 하지만 글을 읽고 있는 사이 그 비판의 손가락이 화자인 '나'를 향하고 있음을 알 수 있습니다.

재미있게 읽고 난 뒤 왠지 모르게 가슴속에 남는 긴 여운은 어떤 노골적인 비판보다 더욱 길고 큰 파장을 일으킵니다.

레디메이드 인생

"머 어데 빈자리가 있어야지."

K사장은 안락의자에 푹신 파묻힌 몸을 뒤로 벌떡 젖히며 하품을 하듯이 신어붓잖게[1] 대답을 한다. 미상불[2] 그는 두 팔을 쭉 내뻗고 기지개라도 한번 쓰고 싶은 것을 겨우 참는 눈치다.

이 K사장과 둥근 탁자를 사이에 두고 공손히 마주 앉아 얼굴에는 '나는 선생인 선배님을 극히 존경하고 앙모합니다.' 하는 비굴한 미소를 띠고, 있는 구변 없는 구변을 다하여 직업 동냥의 구걸(求乞) 문구를 기다랗게 늘어놓는 P……. P는 그러나 취직 운동에 백전백패(百戰百敗)의 노졸(老卒)인지라 K씨의 힘 아니 드는 한

주 ————————————————————

1) 시원찮게라고 달리 표현할 수 있음.
2) 아닌게 아니라.
3) 언행이나 태도·의견 등이 갑자기 달라짐을 이르는 말.

마디의 거절에도 새삼스럽게 실망도 아니한다. 대답이 그렇게 나왔으니 인제 더 졸라도 별수가 없는 것이지만 허실 삼아 한마디 더 해 보는 것이다.

"글쎄올시다. 그러시다면 지금 당장 어떻게 해 주십사고 무리하게 조를 수야 있겠습니까마는……. 그러면 이담에 결원이 있다든지 하면 그 때는 꼭……."

이렇게 말하고 P는 지금까지 외면하던 얼굴을 돌리어 K사장을 조심스럽게 바라보았다. 그러나 K사장은 위선 고개를 좌우로 두어 번 흔들고는 여전히 하품 섞인 대답을 한다.

"결원이 그렇게 나나 어데……. 그리고 간혹 가다가 결원이 난다더래도 유력한 후보자가 몇십 명씩 밀려 있어서……."

P는 아무 말도 하지 않고 고개를 숙였다. 인제는 영영 틀어진 것이다. "안녕히 계십시오." 하고 일어서는 것밖에는 별수가 없다.

별수가 없이 되었으니 "네 그렇습니까." 하고 선선히 일어서야 할 것이지만 지금까지에 은근히 모시고 있던 태도에 비하여 그것이 너무 낮이 간지러운 표변[3]임을 알기 때문에 실망이나 하는 체하고 잠시 더 앉아 있는 것이다.

"거참 큰일들 났어."

K사장은 P가 낙심해하는 것을 보고 별로 밑천이 들지 아니하는 일이라서 알뜰히 걱정을 나누어 준다.

"저렇게 좋은 청년들이 일거리가 없어서 저렇게들 애를 쓰니."

13

P는 속으로 코똥을 '흥' 하고 뀌었을 뿐 아무 대답도 아니하였다. K사장은 P가 이미 더 조르지 아니하리라고 안심한지라 먼저 하품 섞어 "빈자리가 있어야지." 하든 신어붓잖은 태도는 버리고 그가 늘 흉중에 묻어 두었다가 청년들에게 한바탕씩 해 들려주는 훈화를 꺼낸다.

"그렇지만 내가 늘 말하는 것인데…… 저렇게 취직만 하려고 애를 쓸 게 아니야. 도회지에서 월급 생활을 하려고 할 것만이 아니라 농촌으로 돌아가서……."

"농촌으로 돌아가서 무얼 합니까?"

K는 말 중동¹⁾을 갈라 불쑥 반문하였다. 그는 기왕 취직 운동은 글러진 것이니 속 시원하게 시비라도 해 보고 싶은 것이다.

"허! 저게 다 모르는 소리야……. 조선은 농업국이요, 농민이요, 농민이 전 인구의 8할이나 되니까 조선 문제는 즉 농촌 문제라고 볼 수가 있는데, 아 지금 농촌에서 할 일이 오죽이나 많다구?"

"저는 그 말씀 잘 못 알아듣겠는데요. 저희 같은 사람이 농촌에 가서 할 일이 있을 것 같잖습니다."

"그럴 리가 있나! 가령 응…… 저……."

K사장은 응…… 저…… 하고 더듬으면서 끝대답을 하지 못한다. 그것은 무리가 아니다.

---

1) 사물의 가운데 부분, 가운데 토막.

그가 구직하러 오는 지식 청년들에게 농촌으로 돌아가 농촌 사업을 하라는 것과 (다음에 또 꺼내는 일거리를 만들라는 것은) 결코 현실에서 출발한 이론적 근거가 있는 것이 아니었다. 그저 지식 계급의 구직꾼이 넘치는 것을 보고 막연히 '농촌으로 돌아가라.', '일을 만들어라.'고 해 왔을 따름이다. 따라서 거기에 대한 구체적 플랜이 있는 것도 아니었던 것이다. 한편으로는 한 행세거리로 또 한편으로는 구직꾼 격퇴의 수단으로 자룡이 헌 창 쓰듯 썼을 뿐이지—.

레디메이드 인생

그리하여 그 동안까지는 대개는 그 막연한 설교를 들은 성 만성 하고 물러가는 것이 그들의 행태였는데, 오늘 이 P에게만은 그렇지가 아니하여 불가불 구체적 설명을 해 주어야 하게 말머리가 돌아선 것이다. 그래서 그는 떠듬떠듬 생각해 가면서 생각나는 대로 주워섬기는 것이다.

"가령 응…… 저…… 문맹 퇴치 운동도 있지. 농민의 9할은 언문도 모른단 말이야! 그리고 생활 개선 운동도 좋고…… 헌신적으로."

"헌신적으로요?"

"그렇지…… 할 테면 헌신적으로 해야지."

"무얼 먹고 헌신적으로 그런 사업을 합니까? 먹을 것이 있어서 그런 농촌 사업이라도 할 신세라면 이렇게 취직을 못해서 애를 쓰겠습니까?"

"허! 그게 안 된 생각이야……. 자기가 먹고 살 재산이 있으면서 사회를 위해서 일도 아니하고 번들번들 논다는 것은, 그것은 타락된 생각이야."

P는 K사장이 억담을 내세우는 것을 보고 속으로 싱그레 웃었다.

"그렇지만 지금 조선 농촌에서는 문맹 퇴치니 생활 개선이니 합네 하고 손끝이 하얀 대학이나 전문학교 졸업생들이 몰켜오는 것을 그다지 반겨하기는커녕 머릿살을 앓을 것입니다……. 농민이 우매하다든지 문화가 뒤떨어졌다든지 또 생활이 비참한 것이, 근본 원인이 기역 니은을 모른다든가 생활 개선을 할 줄 몰라서 그런 것이 아니니까요. 그러고 조선의 지식 청년들이 모두 그런 인도주의자가 되여집니까?"

"되면 되지 안 될 건 무어야?"

"그런 인도주의란 그것이 한낱 공상이니까 그렇겠지요."

"허허…… 그러면 P군은 ××주의잔가?"

"되다가 찌부러진 찌스레깁니다. 철저한 ××주의자라면 이렇게 선생님한테 와서 취직 운동도 아니합니다."

"못써! 그렇게 과격한 사상으로 기울어서야 쓰나……. 정 농촌으로 돌아가기가 싫거든 서울서라도 몇 사람 맘 맞는 사람이 모여서 무슨 일을— 조선에 신문이 모자라니 신문을 하나 경영하든지, 또 조그맣게 하자면 잡지 같은 것도 좋고, 또 영리 사업도 좋

1) 인정이나 교분이 남보다 특별함.

고……. 그러면 취직 운동하는 것보담 훨씬 낫잖은가?"

"좋을 줄이야 압니다마는 누가 돈을 내놉니까?"

"그거야 성의 있게 하면 자연 돈도 생기는 거지."

P는 엉터리없는 수작을 더 하기가 싫어 웬만큼 말을 끊고 일어 섰다.

속에 있는 말을 어느 정도까지 활활 해 준 것이 시원은 하나, 또 취직이 글렀구나 생각하니 입 안에서 쓴 침이 고여 나온다.

복도에서 편집국장 C를 만났다. P는 C와 자별히[1] 사이가 가까 운 터였다.

"사장 만나러 왔소?"

C가 묻는 것이다.

"아—니."

P는 거짓말을 하였다. 그는 지금 K사장을 만나 거절당한 이야 기를 하기가 어쩐지 창피하기도 할 뿐 아니라 또 전부터 C더러 K 사장에게 자기의 취직 운동을 부탁해 왔든 터인데 직접 이렇게 찾아와서 만났다고 하기가 혐의쩍기도 하여 시치미를 뚝 뗀 것이 다.

"아주 단념하오."

C 자기에게 부탁한 취직 운동을 단념하란 말이다. 그러면 벌써 C가 K사장에게 이야기를 하였고, 그 결과 일이 틀어진 것을 P는 모르고 와서 헛노릇을 한바탕 한 것이다. P는 먼저 C를 만나 보지 아니하고 K사장을 만난 것을 후회하였다. C는 잠깐 멈췄던 말을

계속한다.

"어제 아침에 사장더러 P군의 사정이 퍽 난처하니 어떻게 생각해 봐주면 좋겠다고 여러 말을 했다가 코 떼었소. 신문사가 구제 기관이 아닌데 남의 사정 난처한 것을 어떻게 하라느냐고 그럽디다……. 하기야 그게 옳은 말이지만."

신문사가 구제 기관이 아니라고 한다는 그 말이 P의 머리에는 침 끝으로 찌르는 것같이 정신이 들게 울리었다.

"흥! 망할 자식들!"

P는 혼잣말로 이렇게 두덜거리며 C와 작별도 아니하고 밖으로 나와 버렸다.

2

P는 광화문 네거리의 기념 비각 옆에서 발길을 멈추고 망설였다. 어디로 갈까 하는 것이다.

봄 하늘이 맑게 개었다. 햇볕이 살이 올라 포근히 온몸을 싸고 돈다. 덕석[1] 같은 겨울 외투를 벗어 버리고 말쑥하게 새로 지은 경쾌한 춘추복의 젊은이들이 봄볕처럼 명랑하게 오고 가고 한다.

1) 멍석의 방언.
2) 흔히 돈가스라 부르는 일식 포크커틀릿과 비슷한 음식으로, 돼지 대신 닭을 이용해 만든 요리.

멋쟁이로 차린 여자들의 목도리가 나비같이 보드랍게 나부낀
다. 그 오동보동한 비단 다리를 바라보고 있으려니 P는 전에 먹은
치킨 가스[2]가 생각이 났다.

창을 활활 열어젖힌 전차 속의 봄 사람들을 보니 P도 전차를 잡
아 타고 교외나 나가고 싶었다. 그러나 크림 맛을 못 본 지 몇 달
이 된 낡은 구두, 고기작거린 동복 바지, 양편 포켓이 오뉴월 쇠
불알같이 축 처진 양복저고리, 땟국 묻은 와이셔츠와 배배 꼬인
넥타이, 엿장수가 2전어치 주마 하던 낡은 모자, 이렇게 아래로부
터 훑어 올려보며 생각하니 교외의 산보는커녕 얼핏 돌아가서 차
라리 이불을 뒤쓰고 드러눕고만 싶었다.

마침 기념 비각 앞에 자동차 하나가 머무르더니 서양 사람 내외
가 내린다. 그들은 사내가 설명을 하고 여자가 듣고 하면서 기념
비각을 앞뒤로 구경한다. 여자는 사진까지 찍는다.

대원군이 만일 이 꼴을 본다면……. 이렇게 생각하매 P는 저절
로 미소가 입가에 떠올랐다.

레디메이드 인생

3

대원군은 한말(韓末)의 '돈 키호테'였다. 그는 바가지를 쓰고
벼락을 막으려 하였다. 바가지는 여지없이 부스러졌다. 역사는
조선이라는 조그마한 땅덩이나마 너무 오래 뒤떨어뜨려 놓지 아

19

니하였다.

갑신정변(甲申政變)에 싹이 트기 시작하여가지고 한일합방의 급격한 역사적 변천을 거치어 자유주의의 사조는 기미년에 비로소 확실한 걸음을 내디뎠다.

자유주의의 새로운 깃발을 내어 건 '시민(市民)'의 기세는 등등하였다.

"양반? 흥! 누구는 발이 하나길래 너희만 양발(반)이라느냐?"

"법률의 앞에서는 만인이 평등이다."

"돈…… 돈이 있으면 무어든지 할 수 있다."

신흥 부르주아는 민족주의의 간판을 이용하여 노동자 농민의 등을 어루만지고 경제적으로 유력한 봉건 귀족과 악수를 하는 동시에, 지식 계급을 대량으로 주문하였다.

유자천금이 불여교자일권서(遺子千金 不如敎子一卷書)[1]라는 봉건 시대의 진리가 자유주의의 세례를 받아 일단의 더 발전된 얼굴로 민중을 열광시켰다.

"배워라. 글을 배워라……. 지식만 있으면 누구나 양반이 되고 잘 살 수가 있다."

이러한 정열의 외침이 방방곡곡에서 소스라쳐 일어났다.

신문과 잡지가 붓이 닳도록 향학열을 고취하고 피가 끓는 지사

1) 자식에게 천 냥의 금을 남겨 주는 것보다는 경전 하나를 가르치는 것이 더 낫다는 뜻.
2) 동경 고학생 연극단의 이름.

(志士)들이 향촌으로 돌아다니며 삼 촌〔세 치〕의 혀를 놀리어 권학(勸學)을 부르짖었다.

"배워라. 배워야 한다. 상놈도 배우면 양반이 된다."

"가르쳐라. 논밭을 팔고 집을 팔아서라도 가르쳐라. 그나마도 못허면 고학이라도 해야 한다.

"공자왈 맹자왈은 이미 시대가 늦었다. 상투를 깎고 신학문을 배워라."

"야학을 설시(設施)하여라."

재등(齋藤) 총독이 문화 정치의 간판을 내걸고 골골이 학교를 증설하였다.

보통학교의 교장이 감발을 하고 촌으로 돌아다니며 입학을 권유하였다. 생도에게는 월사금을 받기는커녕 교과서와 학용품을 대어 주었다.

민간의 유지는 돈을 걷어 학교를 세웠다. 민립 대학도 생기려다가 말았다. 청년회에서 야학을 설시하였다. 갈돕회[2]가 생겨 갈돕만주 외우는 소리가 서울의 신풍경을 이루었고, 일반은 고학생을 존경하였다.

여학생이라는 새 숙어가 생기고 신여성이라는 새 여인이 생겨났다.

이와 같이 조선의 관민이 일치되어 민중의 지식 정도를 높이는 데 전력을 하였다. 즉 그들 관민이 일치하여 계획한 조선의 문화 정도는 급속도로 높아갔다.

그리하여 민중의 지식 보급에 애쓴 보람은 나타났다.

면서기를 공급하고 순사를 공급하고 구청 고원을 공급하고 간이 농업 학교 출신의 농사 개량 기수(技手)를 공급하였다.

은행원이 생기고 회사 사원이 생겼다. 학교 교원이 생기고 교회의 목사가 생겼다.

신문 기자가 생기고 잡지 기자가 생겼다. 민중의 지식 정도가 높았으니 신문 잡지 독자가 부쩍 늘고 의사와 변호사의 벌이가 윤택해졌다.

소설가가 원고료를 얻어먹고 미술가가 그림을 팔아먹고 음악가가 광대의 천호(賤號)에서 벗어났다.

인쇄소와 책장사가 세월을 만나고 양복점 구둣방이 늘비해졌다. 연애 결혼에 목사님의 부수입이 생기고 문화 주택을 짓느라고 청부업자가 부자가 되었다.

그리하여 부르주아는 '갑오'[1]를 잡고 공부한 일부의 지식꾼은 진주(다섯 끗)를 잡았다.

그러나 노동자와 농민은 무대[2]를 잡았다. 그들에게는 조선의 문화의 향상이나 민족적 발전이나가 도리어 무거운 짐을 지워 주었을지언정 덜어 주지는 아니하였다. 그들은 배(梨) 주고 속 얻어

1) 노름에서 아홉 끗을 이르는 일본말로, 우리말 표기는 '가보'가 맞음.
2) 투전이나 골패 놀음에서 합친 끗수가 열이나 스무 끗으로 된 경우를 이르는 말.
3) 당시 검열에 의한 삭제 부분이다. 이 대목 이후에도 이처럼 삭제된 부분이 계속 나타난다.

먹은 셈이다.

(20여 자 삭제)[3]

  인텔리…… 인텔리 중에도 아무런 손끝의 기술이 없이 대학이나 전문학교의 졸업 증서 한 장을 또는 조그마한 보통 상식을 가진 직업 없는 인텔리……. 해마다 천여 명씩 늘어가는 인텔리……. 뱀을 본 것은 이들 인텔리다.
  부르주아의 모든 기관이 포화 상태가 되어 더 수요가 아니 되니 그들은 결국 꼬임을 받아 나무에 올라갔다가 흔들리는 셈이다. 개밥의 도토리다.
  인텔리가 아니 되었으면 차라리(7~8자 삭제) 노동자가 되었을 것인데 인텔리인지라 그 속에는 들어갔다가도 도로 달아나오는 것이 99퍼센트다. 그 나머지는 모두 어깨가 축 처진 무직 인텔리요, 무기력한 문화 예비군 속에서 푸른 한숨만 쉬는 초상집의 주인 없는 개들이다. 레디메이드 인생이다.

4

  "제길!"
  P는 혼자 두덜거리며 지금까지 섰던 기념 비각 옆을 떠났다.

(80여 자 삭제)

　P는 자기 자신이고 세상의 모든 일이고 모두 짜증이 나고 원수스러웠다.

　광화문 큰 거리를 총독부 쪽으로 어실어실 걸어가노라니 그의 그림자가 짤막하게 앞에 누워 간다. P는 그 자기 그림자를 콱 밟고 싶었다. 그러나 발을 내어 디디면 그림자도 그만큼 앞으로 더 나가곤 한다. 이 그림자와 자기 자신에서 그리고 그림자를 밟으려는 자기 자신과 앞으로 달아나는 그림자에서 P는 자기의 이중 인격의 모순상(相)을 발견하였다.

　동십자각 옆에까지 온 P는 그 건너편 담배 가게 앞으로 갔다.

　"담배 한 갑 주시오."

하고 돈을 꺼내려니까 담배 가게 주인이,

　"네—마콥니까?"

하고 묻는다.

　P는 담배 가게 주인을 한번 거들떠보고 다시 자기의 행색을 내려 훑어보다가 심술이 버쩍 났다. 그래서 잔돈으로 꺼내려던 것을 일부러 1원짜리로 꺼내드는데 담배 가게 주인은 벌써 마코 한 갑 위에다 성냥을 받쳐 내민다.

　"해태 주어요."

───────────────────────────────

1) 염치없음을 느껴 마음이 거북함.

24

P는 돈을 들이밀면서 볼먹은 소리를 질렀다. 그러나 담배 가게 주인은 그저 무신경하게 "네ㅡ." 하고는 마코를 해태로 바꾸어 주고 85전을 거슬러 준다. P는 저편이 무렴[1]해하지 아니하는 것이 더욱 얄미웠다. 그는 해태 한 개를 꺼내어 붙여 물고 다시 전찻길을 건너 개천가로 해서 올라갔다. 인제는 포켓 속에 남은 것이 꼭 3원하고 동전 몇 푼이다. 엊그제 겨울 외투를 4원에 잡혀서 생긴 것이다.

레디메이드 인생

방세와 전깃불 값이 두 달 치나 밀렸다. 3원은 방세 한 달 치를 주고 1원에서 전등삯 한 달 치를 주고도 싶었으나 그러고 나면 그 나머지로 설렁탕이나 호떡을 사 먹어도 하루밖에는 못 지낸다. 그래 그대로 넣어 두고 한 이틀 지내는 동안에 1원이 거진 달아났든 판인데, 공연한 객기를 부리느라고 당치도 아니한 해태를 샀기 때문에 인제는 1원 돈은 완전히 달아나고 3원만 남은 것이다.

P는 포켓 속에 손을 넣고 잔돈과 지폐를 섞어 3원 남은 돈을 만지작거렸다. 그러면서 왼편 손으로는 손가락을 꼽아가며 3원을 곱쟁이쳐 보았다.

6원, 12원, 24원, 48원, 96원, 192원, 8원 모자라는 2백 원…… 4백 원, 8백 원, 1천 6백 원, 3천 2백 원, 6천 4백 원, 1만 2천 8백 원, 8백 원은 떼어 버리고 2만 4천 원, 4만 8천 원, 9만 6천 원, 19만 2천 원, 38만 4천 원, 76만 8천 원, 153만 6천 원…….

3원을 열여덟 번만 곱집으면 153만 원이 된다. 153만 원 그놈이 있으면……. 이렇게 생각하매 어깨가 으쓱해졌다.

3원의 열여덟 곱쟁이가 153만 원이니 퍽 쉬운 일이다……. 그놈만 있으면 백만 원을 들여서 50전짜리 16페이지 신문을 하나 했으면 위선 K사장의 엉엉 우는 꼴을 볼 수가 있을 것이다.

그러나 아쉬운 대로 15만 원만 있어도 1만 5천 원, 아니 1천 5백 원만 있어도, 아니 150원만 있어도 15원만 있어도 위선 방세와 전등삯을 주고 한 달은 살아가겠다.

P는 한숨을 내쉬었다. 한 달? 한 달만 살고 나면 그 담은 어떻게 하나?…… 그래도 몇백 원은 있어야지, 아니 몇천 원은, 아니 몇만 원은…….

P는 늘 하는 버릇으로 이런 터무니없는 공상을 되풀이하였다.

그는 최근 이러한 공상을 하면서부터 취직을 시들하게 여겼다.

취직이 된댔자 4, 50원이나 5, 60원의 월급이다.

그것을 가지고 빠듯빠듯 살어간들 무슨 아기자기한 재미가 있을 턱도 없는 것이다.

가령 근실히 해서 월쾌저금[1] 같은 것도 하고 집도 장만하고 여편네도 생기고 사장이나 중역들의 눈에 들어 지위도 부장쯤으로는 올라가고, 그리하여 생활의 근거도 안정이 되고 하면 지금 같은 곤란은 당하지 아니하겠지만, 그러나 P에게는 아직도 젊은 때의 야심이 있어 그러한 고식된 안정이나 명색 없는 생활은 도리어 피하고 싶었던 것이다. 좀더 남의 눈에 띄며 좀더 재미있고 그

1) 매일 정해 놓고 하는 저금.

리고 자유로운 생활—.

물론 그는 지금이라도 누가 한 달에 30원만 줄 테니 와서 일을
해 달라면 마치 주린 개가 고기를 보고 덤비듯이 덮어놓고 덤벼
들 것이다. 그러나 속으로는 그와 딴판으로 배포를 부리고 있는
것이다.

P가 삼청동으로 올라가느라고 건춘문 앞까지 이르렀을 때에 저
편에서 말쑥하게 봄 치장을 한 여자 하나가 마주 내려왔다.

역시 삼청동 근처에 사는 여자인지 P와는 가끔 마주치는 여자
다.

P는 그 여자와 만날 때마다 일부러 눈 익혀 보지 아니하는 체는
하면서도 실상은 고비샅샅 관찰을 하였고, 그리고 속으로는 연애
라도 좀 했으면 하던 터였다. 무엇보담도 동그스름한 얼굴에 이
목구비가 모두 모지지 아니하고 얼굴의 윤곽이 동글듯이 모가 나
지 아니한 것, 그래서 맘자리도 그렇게 동글려니 하는 것이 P의
마음을 끈 것이다.

그 여자는 자주 만나는 이 협수룩한 양복쟁이—P를 먼빛으로
도 알아보았는지 처녀다운 조심스런 몸매로 길을 가로 비켜 가까
이 왔다.

P는 고개를 꼿꼿이 쳐들고 앞만 쳐다보면서도 속으로는,

'저 여자가 지금 내 옆으로 다가와서 조그만 소리로 정답게 구
애(求愛)를 한다면? 사뭇 들이안긴다면?…… 어쩔꼬?'

이런 생각을 하면서 히죽이 웃는데 여자는 벌써 지나쳐 버렸다.

"흥! 어쩌긴 무얼 어째?…… 이년아, 일없다는데 왜 이래! 하고
발길로 칵 차 내던지지."
하고 P는 어깨를 으쓱하였다.

삼청동 꼭대기에 있는 집―집이 아니라 사글세로 든 행랑방―
에 돌아왔다. 객지에 혼자 있으니 웬만하면 하숙에 있을 것이로
되, 밥값이 밀리고 그것에 졸릴 것이 무서워 P는 방을 얻어 가지
고 있던 것이다.

먹는 것이야 수중에 돈이 있는 때에 따라 호떡도 설렁탕도 백화
점의 런치도, 그렇잖고 몇 끼씩 굶기도 하여 대중이 없었다.

볕 구경을 잘 못해서 겨울에도 곰팡이 슬고 이불을 며칠씩 그대
로 펴 두는 방바닥에서는 먼지가 풀씬풀씬 올랐다.

하도 어설퍼 앉으려고도 아니하고 방 가운데 우두커니 서서 있
노라니까 안방문 여닫는 소리가 들리며 주인 노파가 나와서 캑
하고 기침을 한다. P는 또 방세 졸릴 일이 아득하였다.

그러나 노파는 방세보다도 위선 편지 한 장을 들이밀어 준다.
고향의 형에게서 온 것이다.

편지를 뜯어 읽고 난 P는 말가웃[1]이나 되게 한숨을 푸―내 쉬
었다. 그러고는 편지를 박박 찢어 버렸다.

 ────────────────────────

1) 한 말하고 반 말, 즉 한 말과 반 말을 합친 양.

5

편지의 요건은 P의 아들에 관한 것이다.

P에게는 연전에 갈린 아내와 사이에 생긴 창선이라는 아들이 있다. 금년에 아홉 살이다.

아내와 갈릴 때에 저편에서 다만 어린애만이라도 주었으면 그 것을 데리고 길러 가는 재미로 혼자 사는 세상에 낙을 붙이겠다 고 사정하였다. 그리고 적어도 중학까지는 마치게 하겠다는 것이 었다. 그렇게 했으면 P도 한 짐을 덜었을 것이다. 그러나 그는 듣 지 아니하였다.

어릴 적부터 소박데기 어미의 손에서 아비의 원망과 푸념을 들 어가면서 자란 자식은 자란 뒤에 그 아비에게 호감을 가지지 못 한다.

P는 자식을 꼭 찾고 싶은 것은 아니나 아무튼 장성하면 아비라 고 찾아올 터인데 그 때에 P는 이미 늙고 자식은 팔팔하게 젊은 놈이 옛날에 제 어미를 소박한 아비래서 아니꼽게 군다면 그것은 차마 못 당할 노릇이다.

이러한 생각으로 P는 창선이를 내주지 아니한 것이다. 그러나 빼앗아 놓고 보니 인제 겨우 네댓 살밖에 아니 먹은 것을 자기 손 으로 어찌할 수가 없다. 그리하여 할 수 없이 어렵사리 지내는 그 형에게 맡겨 놓고 다시 서울로 올라온 것이다. 보통학교에 다닐 나이가 되면 서울로 데려오겠다고 해 두고.

P의 형은 작년에 조카를 보통학교에 입학시켰다. 그러나 극빈축에 드는 집안인지라 몇 푼 아니 되는 월사금과 학비를 대지 못하여 중도에 퇴학시켰다. 애초에 입학시킬 상의로 P에게 편지를 했을 때에 P는 공부 같은 것은 시켜 보았자 소용이 없으니 차라리 뼈가 보드라운 때부터 생일〔勞動〕을 시키라고 하였다. P의 형은 그러나 백부(伯父)의 도리로나 집안의 체면으로나 창선이를 생일을 시킬 수가 없었다. 차라리 자기 손에 두어 헐벗기고 헐입히면서 공부도 시키지 못하느니 제 아비인 P더러 데려가라고 작년부터 편지를 하던 터이다.

금년도 입학 시기가 당하매 P의 형은 P에게 누차 편지를 하였다. 금년에 입학을 시키지 못하면 명년에는 학령이 초과되어 들여 주지 아니할 것이니 어서 데려다가 공부를 시키라는 것이다.

"그 어린것이 굶기를 먹듯 하고 재주는 있으면서 남의 집 아이들이 학교에 다니는 것을 부러워하는 꼴은 차마 애처로워 볼 수가 없다. 차라리 이 꼴 저 꼴 보지 아니하는 것이 속이나 편하겠다."

이번 편지에는 이러한 구절이 있고 끝에 가서,

"여비가 몇 원 변통되면 차를 태우고 전보 칠 테니 정거장에 나와 데려가거라. 나도 웬만하면 객지에 혼자 있는 너에게 어린 자식을 떠맡기듯이 보내겠느냐마는 잘못하다가 그것을 굶겨 죽이겠기에 생각다 못하여 단행하는 것이다."

이러한 말이 씌어 있었다.

P는 박박 찢은 편지를 돌돌 뭉쳐 방구석에 내던지고 한숨을 푸―내쉬었다.

인제는 자식을 데리고 있기가 피할 수 없이 되었는데 어떻게 했으면 좋을까 하는 것이다. 그는 형이 원망스럽고 아니꼬웠다.

굳이 제 아비를 따라 보낸다는 것이 아니라 부등부등 공부를 시키려는 것 때문이었다. 기왕 서울로 보내나 시골서 데리고 있으나 고생시키기는 일반이니 차라리 시골서 일찍부터 생일이나 시켰으면 P에게는 여러 가지로 좋을 것이었다.

레 디 메 이 드 인 생

"흥! 체면! 공부! 죽어도 인텔리는 만들잖는다."

P는 혼자 이렇게 두덜거렸다.

"집에서 온 편지유? 무슨 걱정이 생겼수?"

말거리를 찾지 못하여 머뭇거리고 섰던 안방 노인이 동정이나 하는 듯이 이렇게 묻는다.

"아니요."

P는 마지못해 코대답을 하였다.

"필경 무슨 걱정이 생긴 게구려!"

노인은 자기의 말거리를 만들려고 아니라는데도 이렇게 걱정을 내어놓는다.

"그게 모두 가난한 탓인지……. 저렇게 젊고 똑똑한 이가 저게 모두 가난한 탓이야! 어데 구실〔職業〕 자리 말한다더니 아직 아니 됐수?"

"네 아직……."

"거 큰일 났구려! 어서 돼야 할 텐데……. 나두 꼭 죽겠수…….
이 늙은 것이!…… 돈 좀 마련되잖았수?……."

"네 아직 좀……."

"저걸 어쩌나! 오늘은 물값이야 전깃불값이야 사뭇 받으러 달
려들 텐데!"

"며칠만 더 미루십시오. 설마하니 마나님이야 아니 드리겠습니
까……."

"아무렴! 실수야 없을 줄 알지만 내가 하도 옹색하니깐 그러는
거지……."

P는 노인이 지껄이게 두어 두고 혼자 생각하였다. 전에 아는 집
에서 셋방을 얻어 들었을 때에는 두 달이고 석 달이고 세가 밀려
야 조르는 법이 없었다.

밀려도 조르지 아니하는 아는 집……. 이것이 P는 도리어 미안
해서 이곳으로 옮겨온 것이다. 옮겨와 가지고 막상 졸림질을 당
하니 미안해도 졸리지는 아니하던 옛집이 그리워지는 것이다.

노인이 문을 가로막고 서서 수다스런 소리로 더 지껄이려고 하
는데 마침 P의 동무 M과 H가 찾아왔다.

"어데 나가나?"

M이 그렇잖아도 벌씸한 코를 한 번 더 벌씸하고 사이 벌어진
앞니를 내어 보이며 싱끗 웃는다.

몸집은 M과 같이 통통하지만 키가 작아 M의 뒤에 가려 섰던 H
가 옆으로 나서며,

"안녕합시요."

하고 인사를 한다.

P는 싱끗이 웃었다. 이 M과 H는 같은 하숙에 있는데 두 사람은 곧잘 같이 돌아다닌다. 같이 가는 것을 나란히 세워 놓고 보면 하나는 키가 커서 우뚝하고 하나는 키가 작아서 납작 붙어 가는 것 같다.

얼굴도 M은 우둘부둘한 게 정객 타입으로 생기었고─잘못하면 복싱링에 내세워도 좋겠고─H는 안존한 게 사무원 타입이다.

일상의 언행을 보아도 H는 무슨 이야기가 자기 전문인 법률에 관한 것에 다다르면 육법전서의 조목을 따르르 외우면서 이러고 저러고 하다고 설명을 하고 M은 동경서 학생 ××에 제휴를 했던 만큼, 그리고 전문이 정경과인 만큼 좌익 진영에서 쓰는 어투가 그대로 나온다.

"여전히 모두 동색(冬色)이 창연하군!"

P는 두 사람의 특특한 겨울 양복을 보고, 그리고 자기의 행색을 내려보며 웃었다.

M이 신을 벗고 들어와 먼지 앉은 책상 위에 걸터앉으며,

"춘래불사춘일세."

하고 한마디 외운다.

H도 따라 들어와 한편에 앉으며 한마디 한다.

"아직 괜찮아……. 거리에서 보니까 동복 입은 사람이 많데……."

"괜찮기는 무어 괜찮아……. 우리가 길로 돌아다니니까 사방에서 아이구 아야! 소리가 들리데."

"왜?"

"봄이 발밑에서 짓밟히느라고."

"하하하하."

세 사람은 소리를 내어 웃었다.

"참 시험 본 것 어떻게 되었소?"

P는 H가 일전에 총독부에서 본 고원 채용 시험을 생각하고 물어보았다.

"말두 마시우……. 인제는 꼭 들어 앉아 공부나 해 가지고 변호사 시험이나 치겠소."

사람이 별로 변통성도 없고 그렇다고 여기저기 반연[1]도 없어 취직이 여의하게 되지 못하는 것을 볼 때에 P는 가엾은 생각이 늘 들곤 하였다.

"가만있게……. 어서 변호사 시험만 패스하게. 그러면 인제 내가 백만 원짜리 주식회사를 조직해 가지고 자네를 법률 고문으로 모셔 옴세."

이것은 M이 늘 농 삼아 하는 농담이다. M도 1년 동안이나 취직 운동을 하면서 지냈건만 그는 도리어 배포가 유하다. 조금 더 재

1) 얽히어 맺어지는 인연.
2) 재치가 있고 날렵함.
3) 남에게 구차스럽게 굶.

바르게[2] 했으면 M은 벌써 취직이 되었을는지도 모르나 그는 타고난 배포와 그리고 남에게 아유구용[3]을 하기 싫어하는 성질로, 말하자면 취직 전선의 낙오자다.

별로 만나야 할 일도 없다. 그러나 제가끔 혼자 있으면 우울해지니까 이렇게 서로 찾으며 자주 만나게 된다.

만나 앉아서 이야기라도 지껄이면 그 동안만은 명랑해진다. 지금 서울 안에 P니 M이니 H니와 매일 만나 하는 일 없이 돌아다니고 주머니 구석에 돈푼 있으면 서로 털어 선술잔이나 먹고 하는 룸펜의 패가 수없이 많다.

무어나 일을 맡기었으면 불이 번쩍 일게 해낼 팔팔한 젊은 사람들이다. 그렇건만 그들은 몸을 비비 꼬고 있다.

아무 데도 용납지 못하는 사람들이다. ××적 ××에서 그들을 불러들이기에는 ××적 ××의 주관적 정세가 너무도 미약하다. 그것은 그들의 몇 부분이 동경서 학생으로 있을 시절에는 그 속에서 활발하게 ××을 계속하던 것이 조선에 나오면서 탈리되는 것으로 보아 그러한 해석을 내리지 아니할 수가 없다.

그렇다고 부르주아의 기성 문화 기관에 들어가자니 그곳에서는 수요를 찾지 아니한다. 레디메이드로 된 존재들이니 아무 때라도 저편에서 필요해야만 몇씩 사들여 간다.

M이 마코를 꺼내 놓고 붙여 문다. P는 포켓 속에 들어 있는 해태를 차마 내놓기가 낯이 따가워 M의 마코를 집어 당겼다.

(80여 자 삭제)

P는 설명을 시작한다. P 자신 그러한 장난 비슷한 공상은 하면서 일단 해 보라고 하면 주저할 것이지만 어쨌거나 그랬으면 통쾌하리라는 것이다.

"먼저 경무국에 들어가서 아주 까놓고 이야기를 한단 말이야. 우리가 지금 대상으로 하는 것은 총독부가 아니라 조선의 소위 민간 측 유지들이니까 간섭을 말아달라고."

"그러면 관허(官許) 메이데이로구만."

"그래, 관허도 좋아……. 그래가지고는 기에다가는 무어라고 쓰느냐 하면 '우리에게 향학열을 고취한 놈이 누구냐?'…… 어때?"

"좋지."

"인텔리에게 직업을 내라……. 이렇게 노래를 지어 부르거든."

(10여 자 삭제)

"응…… 유지와 명사의 가면을 박탈시키라고……. 한 몇십 명이 그렇게 데모를 한단 말이야."

"하하하하."

M은 이렇게 웃고 H는 신어붓잖게 핀잔을 준다.

"드끄럽소 여보…… 아 글쎄 멀끔멀끔한 양복쟁이들이 종로 네

거리로 기를 받고 그렇게 다녀 봐! 애들이 와서 나 광고지 한 장
주— 하잖나."

"하하하하."

"허허허허."

창 밖에서 냉이 장수가 "싸구려" 소리를 외치고 지나간다. M이
그에 응하여,

"이크! 봄을 덤핑하는구나."

"흥 경제학자라 다르군……. 참 우리 하숙에서는 채소를 좀 멕
여 주어야지!"

"밥값을 잘 내보지."

"그도 그렇지만."

"나는 석 달 치 밀렸네."

"나도 그렇게 될걸."

"그러니까 나처럼 이렇게 아파트 생활을 해요."

이것은 P의 말이다. 아파트라고 말해 놓고도 서글퍼서 허허 웃
었다.

"조선식 아파트! 그렇지만 우리가 아파트 생활을 했다면 아마
두어 달 전에 굶어 죽었을걸."

"나는 돈을 보면 초면 인사를 해야 되겠네……. 본 지가 하도
오래 되어서 낯을 잊었어."

"여보게."

하고 M이 의젓하게 H를 달군다.

37

"돈 구경한 지 오래 됐다지?"

"응."

"좋은 수가 있네."

"멋?"

"자네 책 좀 삼사(三四) 구락부에 보내세."

"싫으이."

"자네 돈 구경하고…… 구경하고 나서 그놈으로 한잔 먹고……"

"한잔 말이 났으니 요즘 같으면 술이나 실컷 먹고 주정이라도 했으면 속이 시원하겠네."

"그러니까 말이야…… 가세, 가서 다섯 권만 잽혀."

"일없다."

"내가 찾아 주지."

"흥."

"정말이야."

"싫여."

6

그 날 밤.

P와 M은 H를 졸라 그의 법률책을 잡혀 돈 6원을 만들어 가지고

나섰다.

선술집에 가서 엔간히 취하도록 먹은 뒤에 C라는 카페에 가서 술 두 병을 놓고 자정이 되도록 노닥거렸다.

그 곳에서 나올 때는 6원 돈이 2원 남았다. 2원의 처치를 생각하던 세 사람은 일제히 동관으로 가기로 하였다.

세 사람이 모두 다리가 비틀거렸다.

그 중에도 P는 더욱 취하였다.

닐리리 가락으로 들어박힌 갈보집.

다 쓰러져가는 초가집을 세 사람이 아는 집 들어서듯이 쑥쑥 들어서니,

"들어옵시오."

"어서 옵시오."

라고 머리 땋은 계집애와 배가 북통 같은 애 밴 계집이 마루로 나선다.

P가 무심결에 해태 곽을 꺼내어 붙여 무니까 머리 땋은 계집애가 P의 목을 얼싸안고 볼에다 입을 쪽 맞추더니,

"나도 하나."

하고 손을 벌린다. P는 기가 막혀 담뱃갑을 내미는데 H와 M은 박수를 하며,

"브라보!"

하고 굉장하게 큰 소리를 외친다.

건넌방에 들어가 앉으니 마루에서 따그락따그락 소리가 난다.

배부른 계집은 푸대접을 받고 머리 땋은 계집애가 H와 M의 손으로 옮아다니면서 주물린다. 깩깩 소리를 지르고 엄살을 한다. 말을 붙이고 대답을 주고받고 하는 것이 H와 M은 전에 한번 와본 집인 듯하다.

　술상이 들어왔다.

　잔은 사발만 한데 술 주전자는 눈알만하다. 술을 부어 놓으니 M이 척 받아 놓고는 노래를 투정한다. 계집애는 그보다 더 약아 제가 그 술을 쪽 들이마시고는 빈 잔만 M의 입에 대어 준다.

　P는 자숫물같이 밍밍한 술을 두어 잔 받아먹는 동안에 비위가 콱 거슬려서 진정하느라고 드러누웠다.

　H가 계집애를 무릎에 올려 놓고 신이 나게 노래를 부른다. 물론 고저도 장단도 맞지 아니하는 노래다.

　M이 애 밴 계집을 실컷 시달려 주다가 머리 땋은 계집애를 빼앗아 가더니 귀에 대고 무어라고 속삭거린다. 그러면서 둘이서 연해 P를 건너다보며 싱긋벙긋 웃는다.

　조금 있다가 계집애가 P에게로 오더니 귀에다 입을 대고 속삭인다.

　"저이가 나더러 당신하고 오늘 저녁…… 응 어때?"

　"그래라."

　P는 불쑥 성난 것처럼 대답했다.

　"아이! 승거워!"

　계집애는 P를 한 번 꼬집어 주고 다시 M에게로 달아났다.

M에게로 가서 또 무어라고 속삭거리더니 재차 와 가지고는 귓속말을 한다.

"자고 가―응."

"그래 글쎄."

"꼭."

"응."

"정말."

"응."

술은 네 주전자가 들어왔는데 세 사람 손님은 두서너 잔씩밖에 아니 먹었다. 그 나머지는 다 저희가 먹었다. 계집애가 술이 곤주가 되게 취해 가지고 해롱해롱 까분다.

술값을 치르는 것을 보고 P도 따라 일어섰다. M이 몸뚱이로 슬쩍 밀어서 방 안으로 들여보내고 뒤에서 계집애가 양복 뒷깃을 잡아당긴다.

"그래라. 자고 간다."

P는 방 가운데 벌떡 드러누웠다.

"너희 집이 어데냐?"

계집애가 옆에 와서 앉는 것을 보고 P가 물었다.

"××도 ××."

"언제 왔니?"

P는 몸을 일으켰다. 또 속이 왈칵 뒤집혀 좀더 진정하려고 하는 생각인데 계집애가 콱 밀어뜨린다.

"나이 몇 살이냐?"

"열여덟."

"부모는?"

"부모가 있으면 여기서 이 짓을 해?"

"왜 이 짓이 나쁘냐?"

"흥…… 나도 사람이야."

"에—꾸! 나는 네가 신선인 줄 알았더니 인제 알고 보니까 사람이로구나!"

"드끄러!"

계집애는 눈을 쪽 흘기고는 갑자기 웃으면서 P의 목을 그러안는다.

"자고 가, 응."

"우리 마누라한테 자볼기 맞고 쫓겨난다."

"그러면 내한테 와서 나하고 살지……. 여기 내 빚 80원만 물어주면……."

"80원이냐?"

"응."

"가겠다."

P는 또 일어나려는 것을 계집이 껴안고 놓지 아니한다.

"자고 가…… 내가 반했어."

"아서라."

"정말!"

"놓아."

"아니야. 안 놓아. 자고 가요 응…… 자고…… 나 돈 좀 주어."

"돈? 내가 돈이 있어 보이니?"

"돈소리가 절렁절렁 나는데?"

미상불 P의 포켓 속에서는 아까부터 잔돈 소리가 가끔 잘랑거
렸다.

"자고 나 돈 조—금 주고 가 응."

"얼마나?"

"암만도 좋아……. 50전도, 아니 20전도."

계집애의 말이 떨어지기도 전에 P는 불에 덴 것같이 벌떡 일어
섰다. 일어서면서 그는 포켓 속에 손을 넣어 있는 대로 돈을 움켜
쥐어 방바닥에 홱 내던졌다.

1원짜리 지전 두 장과 백통전이 방바닥에 요란스럽게 흐트러진
다.

"아따 돈!"

해던지고는 P는 뛰어나왔다. 그의 눈에는 눈물이 고였다.

7

P는 정조(貞操)적으로 순진한 사나이가 아니다. 열네 살 때에
소꿉질 같은 장가를 갔고, 그 뒤 동경 가서 있을 동안에 거기 여

자와 살림도 하였다.

조선에 돌아와 직업을 가지고 있는 사이에 기생과 사귀어 한동안 죽을 둥 살 둥 모르게 지내기도 하였다.

그 밖에도 정 두어 지낸 여자가 두엇 더 있다. 그러나 서른이 되도록 지금까지 유곽을 가거나 은근짜[1] 집을 가거나 동관의 색주가 집에 가서 잠자리를 한 일은 없다.

그것은 P의 괴벽이다. 어떠한 여자를 물론하고 그가 정이 들지 아니한 여자는 절대로 관계를 아니한다는 것이다.

그 대신 한번 P의 눈에 들고 따라서 정이 들면 아무것도 돌아보지 아니하고 심각한 열정에 맡기어 완전히 그 여자를 움켜쥐어 버리며, 또한 그 여자에게 전부를 내주어 버린다. 그리하여 그는 늘 all or nothing을 말한다.

이것이 처세상 퍽 이롭지 못한 것을 P도 잘 안다. 공연한 승벽[2]이요 고집인 줄 알건만 그는 그것을 고치지 못한다.

이 날 밤에도 그는 그 계집애를 조금도 어떻게 하겠다는 생각은 나지 아니하였다.

술 취한 끝에 속이 괴로우니까 진정을 하자는 판인데 "50전 아니 20전도 좋아." 하는 소리에 버쩍 흥분이 된 것이다.

너무도 인간이 단작스럽고 악착스러운 것 같았다. P가 노상 보

1) 몸을 파는 여자.
2) '호승지벽'의 준말로 겨루어 이기기 좋아하는 성격.

44

고 듣는 세상이 돈을 중간에 놓고 악착스럽게 으등으등하는 것임을 모르는 바는 아니나 정조 대가로 일금 20전을 요구하는 것은 처음 보았다.

P는 그러한 여자가 정조를 파는 데 무신경한 것도 잘 알고 있으며, 따라서 그것이 비도덕이니 어쩌니 하는 것도 아니다.

그의 관점과 해석은 그런 것보다 더 나아간 입장에 있었다.

그러나 "20전만 주어도." 소리에는 이것저것 생각하고 헤아릴 나위도 없었다.

더럽고 얄미우면서 그러면서도 눈물이 고였다. 3원쯤 되는 전 재산을 털어 내던지고 정신없이 뛰어나온 것이다.

술 취한 P를 혼자 남겨 둔 H와 M은 골목에 서서 기다리고 있었다. P가 뛰어나오는 것을 보고 그들은 위선 농을 건넨다.

"한턱 하오."

"장가간 턱 하게."

P는 고개를 흔들었다. 그러고 멍하니 서서 생각을 하였다.

다분의 가면 밑에서 꿈틀거리는 인도주의에 몹시 증오를 느끼는 P는 이 날 밤 자기의 행동을 어떻게 해석할지 몰라 괴로워하였다.

내일을 굶어야 할 그 돈이지만 돈이 아까운 것이 아니다. 정조 값으로 20전을 주어도 좋다는데 왜 정조는 퇴하고 돈만 있는 대로 다 떨어주었는가? 왜 눈에 눈물은 고였는가?

8

P는 머리가 띵하고 속이 뉘엿거려 정신을 차릴 수가 없었다. 그는 두 친구에게 인사도 변변히 하지 아니하고 코를 베인 듯이 삼청동으로 올라왔다. 어서 바삐 좀 드러눕고만 싶었던 것이다.

아무리 방구들은 차고 지저분하게 늘어놓았어도 제 처소는 반가운 것이다. 더구나 몸이 괴로울 때는!

P는 누더기 양복이나마 벗으려고도 아니하고 그대로 펴두었던 이부자리 속에 몸을 파묻었다. 드러누우니 취기가 새삼스레 더하여 영영 옷을 벗을 생각도 잊어버리고 그대로 잠이 들었다.

얼마를 자고 났는지 괴로워 부대끼다 못하여 잠이 깨었을 때는 목이 타는 듯이 말랐다.

물은 없다. 물이 없어 못 먹느니라 생각하니 목은 더 말랐다.

밤은 어느 때나 되었는지 짐작할 수가 없다. 전등은 그대로 켜져 있다. 밖에서는 사람 지나다니는 발자국 소리도 들리지 아니한다. 전차 갈리는 소리도 들리지 아니하고 가끔 가다가 자동차의 경적이 딴 세상의 소리같이 감감하게 들려온다.

밤이 깊지 아니했으면 잠긴 안대문을 두드려 주인 노인에게라도 물을 청하겠지만 이 깊은 밤에 그리하기도 미안하다. 그것도 방세나 여일하게 내었을세 말이지 얼굴 대하기를 이편에서 피하는 판에 차마 못할 일이다.

물지게 장수의 삐득거리는 소리가 들리나 하고 귀를 기울였으나 감감히 소리가 없다.

목은 더욱더욱 말라 들어온다. 입술이 바싹 마르고 입 안이 침기가 없고 목구멍이 바삭바삭 소리가 날 듯이 마르고, 그러고는 창자 속까지 말라 내려가는 듯하다.

방금 미칠 듯하다.

눈앞에 용용하게 흘러가는 푸른 한강이 어릿어릿하고 쏴— 쏟아지는 수통 꼭지가 보이는 듯하다.

P는 배고픈 고비는 많이 겪어 보았으나 이대도록도 목마른 참은 당하기 처음이다.

배는 고프면 기운이 없이 착 가라앉을 뿐이었지만 목이 극도로 마름에는 금시 미치고 후덕후덕 날뛸 것 같다.

일어나서 삼청동 꼭대기로 올라가면 산골짜기의 물도 있고 또 우물도 있기는 하다. 그러나 이 어두운 밤에 어디가 어디인지 보이지 아니할 테고 또 우물에는 두레박도 없을 것이다.

겨우겨우 참아가며 몇 시간을 뻐대었다. 실상 한 시간도 못 되는 동안이지만 P에게는 여러 시간인 듯만 싶었다.

그런 뒤에 겨우 물지게 소리를 듣고 그는 수통 있는 곳을 찾아 뛰어나갔다.

사정 이야기도 변변히 하지 아니하고 쏟아지는 수통 꼭지에 매달려 한 동이는 되리시피 냉수를 들이켰다. 물장수가 어이가 없어 멀끔히 쳐다보고만 있다가 P의 꾸벅 하고 돌아서는 등 뒤에다 혀를 끌끌 찬다.

레디메이드 인생

밥보다도 더 다급하게 그립던 물건을 실컷 들이켜고 나니 찌뿌 등하게 엉킨 듯 불쾌하던 취기(醉氣)도 적이 걷히고 정신이 말쑥 해졌다.

P는 새삼스레 양복을 벗어 던지고 다시 자리에 파묻혔다. 인제 는 잠이 10리나 달아나고 눈이 초랑초랑해진다. 그러면서 어젯밤 일이 머리에 떠오른다.

그것은 마치 못 먹을 것을 먹은 것처럼 께름칙한 기억이다. 아 무렇게나 씻어 넘겨버리재도, 그러나 머리 한구석에 박혀 가지고 사라지려 하지 아니하는 어룽[班點]과 같다. 어떻게 해서라도 시 원스러운 해석을 내리고라야 마음이 놓일 것 같다.

정조 대가로 일금 20전을 부르는 여자…….

방금 세상에는 한 번 정조를 빼앗긴 것으로 목숨을 버려 자살하 는 여자가 있다. 그러는 한편 "20전도 좋소." 하는 여자가 있다.

여자의 정조가 그것을 잃었다고 자살을 하도록 그다지도 고귀 한 것이라면 "20전에도 팔겠소." 하는 여자가 눈을 멀끔멀끔 뜨고 살아 있는 사실은 무엇으로 설명할 것인가?

또 정조를 "20전에도 팔겠소." 하는 여자가 있도록 그것이 아무 렇지도 아니한 것이라면 그것을 한 번 빼앗긴 때문에 생명을 내 버리는 여자가 있는 것은 무엇으로 설명할 것인가?

이 두 여자가 모두 건전한 양심의 소유자라고 볼 수는 없다.

그러나 그 가운데 나무라기로 들면 차라리 정조를 빼앗긴 것으 로 자살한 여자를 나무랄 것이지 "20전에 팔겠소." 하는 여자는 나무랄 수가 없다.

열여섯 살부터 시작하여 이래 3년이나 색주가 집으로 굴러다니는 여자다.

언제 누구에게 귀떨어진 도덕관념이나 정당한 인생관을 얻어들은 적이 없을 것이다.

술잔을 들고 앉아 한 잔이라도 오는 손님에게 더 먹여 한 푼어치라도 주인의 수입을 도와 주면 칭찬이 오니 그만이다.

"고년 어여쁘다. 나하고 ××."

하고 손님이 말하면 그에 좇아 비록 조발(早發)일지언정 생리적 만족을 얻는 한편 그야말로 단돈 20전이라도 벌면 그만이다.

옆에서 그것을 시키기는 할지언정 그것이 나쁘다고 가르쳐 주는 사람이 있을 턱이 없는 것이다. 사실 일반 매춘부가 정조적으로 양심을 가진 듯이 보인다는 것은 그 대부분이 도리어 한 가식(假飾)에 지나지 못하는 것이다.

그것은 그들에게 있어서 일종의 정당성을 가진 노동인 것이다.

그러니까 그것을 보고 불쌍하다고 여기고 동정을 하는 것은 위문이 폐문이다.

지금 세상은 정당한 성도덕(性道德)이 서 있는 때도 아니다.

그것은 한 세대(世代)에 여러 가지의 시대 사조가 얼크러져 있기 때문이다. 그러니까 여자의 정조에 대하여도 일률적으로 선악과 시비를 가릴 수는 없는 것이다.

하룻밤 몸값으로다 "20전도 좋소." 하는 여자, 그에게는 다른 사람이 갖는 성도덕도 없고 따라서 자신을 타락이라서 슬퍼하지도 아니한다.

그 여자 자신을 나무랄 필요도 없는 것이요, 동정할 여지도 없는 것이다. 그 여자 자신은 결코 불쌍한 사람이 아니다.

예수의 사랑(?)도 아무리 그 사랑이 크고 넓다 했을지언정 그것은 '불쌍한 사람', '죄지은 사람'에게 미칠 수 있는 것이다.

'불쌍하지 아니한', '죄짓지 아니한' 동관의 색주가 계집애에게는 누구의 동정이나 사랑도 일없는 것이다.

"뭣? 관념적이라고?"

그렇다. 관념적이라도 할 수 없다. 그러나 그것은 그 여자의 주관을 객관화한 것이다. 그러니까 그것은 한 엄연한 현실이다.

(30여 자 삭제)

또 그 병적 현실에 메스를 대는 것은 집단의 역사적 문제이지만 룸펜 인텔리의 결벽과 흥분쯤으로는 문제도 되지 아니한다.

다만 취객이 3원 각수[1]를 던져 주었음으로 해서 그 여자는 감격 없는 기쁨을 맛보았을 뿐일 것이다.

"이게 웬 떡이냐……. 어제 저녁에 꿈이 괜찮더니 이런 땡을 잡을 영으루 그랬구나!…… 웬 얼간망둥이냐."

주
─────────────────────────────

1) 돈을 '원' 단위로 셀 때, 원 단위 아래에 남는 몇 전이나 몇십 전을 이르는 말.

그 계집애는 응당 그렇게밖에는 더 생각되지 아니하였을 것이다. 그것이 결코 무리가 없는 당연한 일이다.

P는 여기까지 생각하고 입맛 쓴 고소를 띠었다.

"흥! 되지 못하게……. 장님이 눈병 앓는 사람더러 불쌍하다고 한 셈인가."

P는 돌아누우면서 혀를 끌끌 찼다.

9

1934년의 이 세상에도 기적이 있다.

그것은 P가 굶어 죽지 아니한 것이다. 그는 최근 일 주일 동안 돈이 생긴 데가 없다. 잡힐 것도 없었고 어디서 벌이한 적도 없다. 그렇다고 남의 집 문 앞에 가서 "밥 한술 주시오." 하고 구걸한 일도 없고 남의 것을 훔치지도 아니하였다.

그러나 그 동안 굶어 죽지 아니하였다. 야위기는 하였지만 그래도 멀쩡하게 살아 있다. P와 같은 인생을 이 세상에 하나도 없이 싹 치운다면 근로하는 사람이 조금은 편해질는지도 모른다.

P가 소부르주아 축에 끼이는 인텔리가 아니요, 노동자였더라면 그 동안 거지가 되었거나 비상수단을 썼을 것이다. 그러나 그에게는 그러한 용기도 없다. 그러면서도 죽지 아니하고 살아 있다. 그렇지만 죽기보다도 더 귀찮은 일은 그를 잠시도 해방시켜 주지

아니한다.

그의 아들 창선이를 올려 보낸다고 어제 편지가 왔고 오늘은 내일 아침에 경성역에 당도한다는 전보까지 왔다.

오정 때 전보를 받은 P는 갑자기 정신이 난 듯이 쩔쩔매고 돌아다니며 돈 마련을 하였다. 최소한도 20원은…… 하고 돌아다닌 것이 석양 때 겨우 15원이 변통되었다.

종로에서 풍로니, 냄비니, 양재기니, 숟갈이니, 무어니 해서 살림 나부랭이를 간단하게 장만하여 가지고 올라오는 길에 전에 잡지사에 있을 때 안 ××인쇄소의 문선과장을 찾아갔다.

월급도 일없고 다만 일만 가르쳐 주면 그만이니 어린아이 하나를 써 달라고 졸라 대었다.

A라는 그 문선과장은 요리저리 칭탈[1]을 하던 끝에—그는 P가 누구 친한 사람의 집 어린애를 천거하는 줄 알았던 것이다.—

"보통학교나 마쳤나요?"

하고 물었다.

"아—니요."

P는 솔직하게 대답하였다.

"나이 몇인데?"

"아홉 살."

"아홉 살?"

────────────────────────

1) 이유나 핑계를 댐.

A는 놀라 반문을 하는 것이다.

"기왕 일을 배울 테면 아주 어려서부터 배워야지요."

"그래도 너무 어려서 원……. 뉘집 애요?"

"내 자식놈이랍니다."

P는 그래도 약간 얼굴이 붉어짐을 깨달았다. A는 이 말에 가장 놀라운 일을 보겠다는 듯이 입만 벌리고 한참이나 P를 물끄러미 바라다본다.

"왜? 내 자식이라고 공장에 못 보내란 법 있답니까?"

"아─니 정말 그래요?"

"정말 아니고?"

"괜히 실없는 소리!…… 자제라고 해야 들여줄 테니까 그러시지?"

"아니 그건 그렇잖애요. 내 자식놈야요."

"그럼 왜 공부를 시키잖구?"

"인쇄소 일 배우는 것도 공부지."

"그건 그렇지만 학교에 보내야지."

"학교에 보낼 처지도 못 되고 또 보낸댔자 사람 구실도 못할 테니까……."

"거참 모를 일이오……. 우리 같은 놈은 이 짓을 해 가면서도 자식을 공부시키느라고 애를 쓰는데, 되려 공부시킬 줄 아는 양반이 보통학교도 아니 마친 자제를 공장엘 보내요?"

"내가 학교 공부를 해 본 나머지 그게 못쓰겠으니까 자식은 딴

53

공부를 시키겠다는 것이지요."

"글쎄 정 그러시다면 내가 내 자식 진배없이 잘 데리고 있으면서 일이나 착실히 가르쳐 드리리다마는……. 원 너무 어린데 애처롭잖애요?"

"애처로운 거야 애비 된 내가 더하지요만, 그것이 제게는 약이니까……."

P는 당부와 치하를 하고 인쇄소를 나왔다. 한 짐 벗어 놓은 것 같이 몸이 거뜬하고 마음이 느긋하였다.

그는 집으로 올라가는 길에 싸전에 쌀 한 말을 부탁하고 호배추도 몇 통 사들었다. 그렁저렁 5원을 썼다.

10원 남은 중에 주인 노인에게 6원을 내어 주니 입이 귀밑까지 째어진다. 그 끝에 P가 사온 호배추를 내어 주며 김치를 담가 달라고 하니 선선히 응낙한다. 그리고 자식을 데리고 자취를 하겠다니까 깍두기야 간장이야 된장 같은 것을 아까운 줄 모르고 날라다 주곤 한다.

10

이튿날 전에 없이 첫새벽에 일어난 P는 서투른 솜씨로 화로밥을 지어 놓고 정거장으로 나갔다.

그의 형에게서 온 편지에 S라는 고향 사람이 서울 올라오는 길에 따라 보낸다고 했으니까 P는 창선이보다도 더 낯이 익은 S를 찾았다. 과연 차가 식식거리고 들어서매 인간을 뱉어 내놓는 찻간에서 S가 창선이를 데리고 두리번거리며 내려왔다.

어데서 생겼는지 새까만 '고구라'[1] 양복을 입고 이화표 붙은 학생 모자를 쓰고 거기다가 보따리를 하나 지고 무엇 꾸린 것을 손에 들고 차에서 내리는 어린아이…… 저게 내 자식이니라 생각하니 P는 어쩐지 속으로 얼굴이 붉어지며 한편 가엾기도 하였다.

S가 두 손에 짐을 가득 들고 두리번거리다가 가까이 온 P를 보고 반겨 소리를 지른다. 창선이가 모자를 벗고 학교식으로 경례를 한다. 얼굴을 보니 네댓 살 적에 보던 것보다 더한층 저의 외가를 닮았다. P는 그것이 몹시 불만이었다.

"그새 재미나 좋았나?"

S의 하는 첫인사다.

"멀 그저 그렇지……. 괜한 산 짐을 지고 오느라고 애썼네."

P는 이렇게 인사 겸 치하를 하였다.

"원 천만에!…… 그 애가 나이는 어려도 어떻게 속이 찼는지…… 너 늬 아버지 알아보겠니?"

S는 창선이를 돌아보며 웃는다. 창선이는 고개를 숙이고 수줍은지 아무 대답도 아니한다.

P는 S와 창선이를 데리고 구름다리로 올라왔다.

────────────────

1) 두꺼운 무명 직물을 칭하는 일본말.

"저의 외할머니가 저 양복이야 떡이야 모두 해가지고 자네 댁에까지 오셨더라네……. 오셔서 어제 떠나는데 정거장까지 나오셨는데 여러 가지 신신당부를 하시데…… 자네에게 전하라고."

S는 P가 그다지 듣고 싶지도 아니한 이야기를 뒤따라오며 늘어놓는다. 그의 가슴에는 옛날의 반감이 솟쳐 올랐다.

"별 걱정 다 하던 게로군……. 내 자식 내가 어련히 할까 봐 쫓아다니며 그래!"

"그래도 노인들이라 어데 그런가……. 객지에서 혼자 있는데 데리고 있기 정 불편하거든 당신에게로 도루 보내게 하라고 그러시데……."

"그 집에 내 자식이 무슨 상관이 있어서 보내라는 거야?……보낼 테면 그 때 데려왔을라구……."

P는 그것이 모두 그와 갈린 아내의 조종인 줄 알기 때문에 더구나 심정이 났다. 화가 나는 대로 하면 어린아이가 입고 온 양복도 벗겨 내던지고 싶었으나 꿀꺽 참았다.

11

일찍 맛보지 못한 새 살림을 P는 시작하였다.

창선이가 도착한 날 밤.

창선이는 아랫목에서 색색 잠을 자고 있다. 외롭게 꿈을 꾸고 있으려니 생각하매 전에 없던 애정이 솟아오르는 듯하였다.

　이튿날 아침 일찍 창선이를 데리고 ××인쇄소에 가서 A에게 맡기고 안 내키는 발길을 돌이켜 나오던 P는 혼자 중얼거렸다.

　"레디메이드 인생이 비로소 겨우 임자를 만나 팔리었구나."

레
디
메
이
드

인
생

빈(貧)···제1장 제2과

유모는 몸뚱이며 얼굴이 물크러질 듯 벌겋게 익어 가지고 욕실 밖으로 나왔다.

　오정 때가 갓 겨운 참이라, 욕실 안에서는 두엇 정도가 철썩거리면서 목간을 하고 있고, 옆 남탕에서는 관음 세는 소리가 외지게 넘어와서 적이 한가롭다.

　제 자리에 앉아 꾸벅꾸벅 졸던 주인 아낙네가 유모가 열고 나오는 문소리에 정신이 들어 싱겁게 웃어 보인다.

　유모는 수건을 둘러 중동만 가리고 체경 앞에 넌지시 물러서서 거울 속으로 뚜렷이 떠오른 제 몸뚱이를 홈파듯이 바라다보고 있다.

주
────────────────────────────

1) 탐스럽고 두껍고 부드러움.
2) 스스로 긍지를 가짐.

담숭담숭 물방울이 몽실몽실, 그리고 소담스런 젖가슴과 푸짐
한 방둥이가 모두 흐벅지다[1].

그는 왼눈을 지그시 감으면서 쌍스럽게 두꺼운 입술을 벌려 빙
긋 웃는다.

'혼자 보기는 아깝다.'

그는 느긋이 만족하면서도 한편 섭섭해서 혼자 속으로 중얼거
리는 것이다.

그새 문 밖에서 살 때는 그런 것 저런 것 알 줄도 몰랐다. 그러
다가 석 달, 유모살이로 들어와서 사는 동안 자주 목간을 다니면
서, 겉으로 옷이나 잘 입고 훤칠하게 보이는 여자들이며 기생들
의 말라빠진 몸뚱이나 앙상한 얼굴을 많이 보아왔던 터라, 그는
저의 탐스런 몸뚱이에 차차로 자긍[2]이 생겨,

"나도 이만하면······."

누구만 못할 게 없다고, 어렴풋한 즐거운 기대를 가지게 되었
다.

그는 시방도 요즘 매일같이 주인아씨를 찾아와서 노는 '이 주
사'의 심상치 않은 말치며 눈치가 문득 생각이 나고, 그러자 온몸
에 그 손이 와서 서물거리는 듯, 근질근질 근지럽고 비비 꼬여지
는 것 같았다.

얼마를 그러고 섰었는지, 겨우 입 안이 텁텁한 게 담배 생각이
나서 체경 앞을 물러설 때는 몸에 묻었던 물방울이 제풀에 다—
말라 버렸다.

그는 옷장 앞 옷 광주리에서 마코 곽을 찾아 가지고 창 밑 걸상으로 가서 한 대 붙여 물고는, 뱃속까지 스미게 깊이 흡연을 들이마신다.

오래 목간을 한 끝에, 담배 기운이 몸에 폭신 배는 데 겸하여 열어 제친 창문으로 첫여름의 훈훈한 간들바람이 자리 안 나게 불어 들어 알몸뚱이를 어루만져 준다. 그는 미칠 듯 길거리로 뛰어라도 나가고 싶은 것을 참다못해 눈을 스르르 감다가 그대로 힘을 불끈 두 팔을 벌리고 허공을 그러안는다.

부지직 기운이 솟아나고 사지가 뒤틀려 견딜 수가 없던 것이다.

애기가 잠이 깨어 울고, 주인아씨가 악살이 나서 팔팔 뛰는 모양이 잠시 머리에 스치다가 말고, 그는 그냥 퍼근히 걸상에 앉아 목간 후의 피로를 맘껏 쉬면서, 연해 '이 주사' 등을 생각해 보느라고 해망[1]을 부린다.

그는 유모로 들어와서 여러 가지 새롭고 재미있는 생활을 맛보았다. 그러나 그러한 것들은 한 번 두 번 세 번 혹은 매일같이 되풀이를 하는 동안 차차 먹히고 싫증이 났다.

끼마다 먹는 고기와 양즙이 싫증나고, 마코보다는 더러 눈을 속여 뽑아 먹는 주인아씨의 피종이나 해태가 더 맛이 있어 가고, 주인아씨의 간드러진 노랫소리가 귀가 아프고, 비록 남의 것이나마

1) 행동이 해괴하고 요망스러움.
2) 명주실만으로 짠 비단.
3) 얇은 철판의 양면에 주석을 입힌 것.

처음 볼 때에는 제 것인 듯이 푸짐해 보이던 방 안 짐들이 인제는 시들하고…….

그러나 한 가지, 목간탕에 다니는 것—목간을 하고 벗은 몸을 맘껏 내놓고 앉아 노곤한 몸을 쉬면서 같은 여자들에게일망정 자랑을 하고 하는 것만은, 하면 할수록 더 좋아 날마다 하고 싶었지 조금도 물리지는 않았다.

더구나 목간탕은 누가 오든지 벗고 들어오는 알몸뚱이에 수건 한 개 그것뿐이라, 그러니 그 속에서는 육집 좋고 얼굴 좋은 사람이 잘난 사람이요 뽐내는 판이다.

유모니 아씨니 해서 한 팔 꺾일 일도 없고, 본견[2]이니 인조견이니 하는 그런 안타까운 분별도 거리끼지 않을 수가 있는 곳이 목간탕 속이다.

이런 것으로 해서 유모는 더욱 목간탕 다니기가 좋았다.

마코 한 개를 대빨주리가 타 들어가도록 다 피우고 나서, 유모는 가까스로 일어선다.

체경 앞에는 요전에 산, 골라잡아서 10전짜리 생철[3] 목간 대야가 놓여 있다. 그 속에는 눈먼 고양이가 조기 대가리 아끼듯 아끼는 크림, 분, 연지 이런 것이 올망졸망 담겨 있다.

단장을 하는 데 시간이 걸린다.

숱이 짙어 부피 큰 쪽을 한 번 더 치켜서 합성금 비녀로 꽂아놓고 크림으로 얼굴을 편다.

그 위에다 가루분을 약삭빨리 도닥도닥, 눈두덩과 볼에 연지칠,

빈(貧)… 제1장 제2과

동강난 루주로 입술을 붉게…….

이러한 화장법과 화장품들은 주인아씨의 수법(手法)과 아울러 쓰다 버린 것을 물려받은 것이다. 화장품은 개중에는 주인아씨가 채 미처 다 쓰지도 않은 것을 그저 슬그머니 차지한 것도 있다.

단장을 한 얼굴은 좀 솜씨 있게 빚은 밀가루떡 쉼직하나 유모 자신은,

"어따가 내놓아도……."

하는 흡족한 생각에 다시 한 번 얼굴을 되들고 마슬러본 뒤에 옷을 걸어 입는다.

'옷도 이 살결같이 보들보들한 비단옷이었으면.'

그는 주인아씨의 안팎으로 휘감는 비단옷을 시새워하면서[1] 한숨을 내쉰다.

2

유모는 목간집 앞에 나서서, 누구 지나가는 사내가 좀 쳐다봐주지 않나 하고 얼굴을 이리저리 두르다가 마침 길 건너편 반찬 가게에서 바구니를 팔 고분댕이에 끼고 나오는 옆집 행랑어멈과 눈이 마주쳤다.

1) 자신보다 잘되거나 나은 이를 공연히 미워하고 싫어함.
2) 서양식 유행을 따르던 멋쟁이를 이르던 말.

"또 목간허러 왔구려?"

"건 머유?"

둘이는 서로 아는 체를 하면서, 마주 나와서 길 한복판으로 나란히 어깨를 겯고 걸어간다.

"사뭇 훤허네! 어쩌믄 저렇게 좋게두 생겼을꾸?"

나이 마흔에 20년 남의 행랑살이로 자식이 셋, 사내가 둘째라는 뻐드렁니 노마네가 같이 걸어가면서, 실상 유모의 얼굴은 자세 보지도 않고 입술 끝으로 추어넘기는 수작이다.

"누가 또 그런 소리 허랬나?"

유모는 짐짓 쌩동거리나, 눈으로는 웃고 속은 더 좋아한다.

그러면서 그는 노마네가 으레껏 하는 행투로,

"가만 있수. 내 인제 좋은 하이칼라상[2] 하나, 응?……"

하면서 눈을 찌끗찌끗하기를 기다렸으나, 원체 한길이라 그래도 조심을 하는 속인지 그 말은 나오지 않는다.

노마네는 그 대신,

"무슨 목간을 그리 자주 다니우?"

하면서 시새워한다.

"자주가 무슨 자주?…… 이번은 엿새 만에 겨우 온걸……"

"제에기, 나는 일 년에 한번 얻어 허기가 고작인데……"

"아이, 그리구 어떻게 살어!…… 나는 사흘만 목간을 안허믄 몸이 사뭇 군시러서 못 견디겠는걸……"

사흘만 목간을 안 하면 군시러워 못 견딘다는 말은 주인아씨한

테서 배운 소리다.

유모가 처음 들어와서 목간을 자주 안 하니까, 주인아씨는 몸에서 냄새가 나고 그 냄새가 애기한테까지 밴다고 핀잔을 주던 끝에 한 말이다.

그 때는 그 말이 고깝게 들렸으나, 차차 지나노라니까, 목간을 안 해서 몸이 군시런 줄은 모르겠어도, 말을 그렇게 하면 아주 귀골다운 것 같아, 지금은 유모 제가 걸핏하면 써먹기까지 하던 것이다.

서로 주거니받거니 주인네 흉아작을 한바탕 늘어놓는 동안에 중학다리 개천가의 유모네 집 문 앞에 당도했다.

안에서는 아니나 다를까, 아이가 떼를 쓰고 우는 소리가 왁자 들려 나온다. 유모는 그러나 심상히 돌아서서,

"놀러 오우?"

하고는 노마네 대답까지 기다린다.

"손인지 발인지 들끓어와서 야단법석을 내서 틈이 나야지."

노마네는 연신 고갯짓을 하면서 마땅찮게 제 집을 돌려다본다.

"벙뗑[1]허지 머. 아이, 참."

유모는 소리를 죽여 소곤소곤,

1) '엄벙뗑' (부사)의 준말로 얼렁뚱땅.
2) 일제 강점기에, 기생들의 조합을 이르던 말. 노래와 춤을 가르쳐 기생을 양성하고, 기생이 요정에 나가는 것을 감독하고, 화대(花代)를 받아 주는 따위의 중간 구실을 함.
3) 늘, 항상.

"나 목간허구 오믄 권번(卷番)[2]에 간다구 그랬으니깐, 응? 좀 있다가 오우. 우리 같이 즘심 먹게."

노마네는 얼른 반가워하다가,

"글쎄……."

하면서 망설이더니,

"그럼, 내 눈치 봐서 빠져 나올게……."

하고 총총걸음을 쳐서 바로 윗집 대문으로 들어가다가 해뜩 돌아다본다. 유모는 그제야,

'이거 또, 재랄깨나 하겠구나!'

속으로 뜨윽해서 주춤주춤하다가, 아주 바쁘게 돌아오는 듯이 안마당으로 쑥 들어선다.

주인아씨는 금방이라도 볼때기가 터질 듯이 성이 나서, 마루에 가 퍼버리고 앉았고, 어린아이는 내동댕이친 채로 그 앞에 가 누워 발버둥을 치면서 울고 있다.

주인아씨는 항용[3] 하는 버릇으로 아이가 자고 깨어 우니까, 나지도 않는 빈 젖을 물려 달래다가 그만 파깃증이 나서 홧김에 볼기짝을 찰칵찰칵 붙여 밀어던지고 있는 판이다. 그는 유모가 돌아온 줄 뻔히 알면서 눈도 거들떠보지 않고 있다가, 울던 아이가 놀라 울음을 뚝 그칠 만큼 곧은 목청으로 한 마디,

"무슨 놈의 행사야!"

소리를 치고는, 독살이 올라 더 말은 하지 못하고, 색색 숨만 가쁘게 쉰다.

그러자 꽥 지르는 소리에 잠깐 울음을 그쳤던 아이가 다시 와아 우니까 냅다 발목을 잡아 제치더니, 입을 악물고 여지없이 볼기짝을 한번 따악 붙인다.

"뒈어져 버려라, 이놈의 자식! 누가 생겨나랬더냐?…… 되지도 못헌 속알머리……."

쏘아붙이고는 벌떡 일어서서 허리춤을 치켜, 내놓았던 젖가슴을 다스린다.

유모는 주인아씨의 첫 마디 뜯는 소리에 반사적으로 어금니에 밤을 물고 건넌방 툇마루 앞에 가 돌아서서 젖은 수건만 만진다.

"에이! 아니꼬운 놈의 꼴, 보기 싫여!"

주인아씨는 뇌꼴스럽다고[1] 씹어뱉으면서 파라솔을 집어들고 마당으로 내려선다.

"원, 아무리 남의 밥으루 살기루서니, 고따우루 얌체없는 보짱머리가 있더람? 내가 무어랬어, 그래! 그만침 떠먹듯이 일렀으면 한뼘 얼굴 대접을 해서라두 냉큼 다녀와야지……. 목간이 아니라 그 잘난 놈의 몸뚱이를 그래 깝질을 한 벌 벳기나!…… 흥! 되지두 못헌 게 게다가 단장헙신다구 그렇게 더디 왔지 머……. 세상이 망헐랴니까 원 꼴 아닌 꼴을 다아 보구 살어……. 젖이 아니면 제따우가 어디 가서 찬밥 한술이나 얻어먹어? 참 어림없지……."

나가다가는 돌아서고 돌아섰다가는 되돌아서고 하는 동안 마지

1) 보기에 아니꼽고 못마땅함.
2) 고집이나 떼.

68

막 말은 대문간에서 사라진다.

　이 가시 같은 정가가 그러나 살 두꺼운 유모의 신경에는 그다지 아프게 찔리지 않았다. 그는 맨 처음,

　"무슨 놈의 행사야!"

하는 한마디에 그저 타성적으로 볼때기를 처뜨리고 뚜하니 이짐[2]을 부리기는 했으나, 실상 성이 난 것은 아니다. 보나 안 보나, 주인아씨가 그렇게 해 퍼붓고 나간 뒤에 바로 누구 말동무라도 있으면 그는 영락없이 해해 하고 웃었을 것이다.

　주인아씨가 멀리 갔음직해서, 유모는 마루로 올라가서 세숫대야며 수건이 지저분하게 널려 있는 경대 앞에 가 주저앉아서 화장품을 이것저것 꺼내어 얼굴에 덧칠을 한다.

　울고 누웠던 아이가 비로소 유모를 보고 엉금엉금 기어오면서 울먹 소리로,

　"음마―."

부른다.

　유모는 밉살스럽다고 한참이나 눈을 흘기다가,

　"배라먹을 아이! 왜 벌써 깨서 그 재랄 발광이냐?"

하면서 아무렇게나 아이를 잡아끌어다가 젖을 불쑥 물려 준다.

　아이는 아무 상관도 않고, 그저 울음을 뚝 그치면서, 고사리 같은 두 주먹으로 젖통을 움켜다가 쭉쭉 빨아들인다.

　"망헐 집 아이!"

　유모는 볼기짝이라도 한번 훔쳐 갈기고 싶어 내내 구박이다.

아이는 오래 울던 끝이라, 가끔 학학 느끼면서 아직 눈물 어린 눈으로 물끄러미 '젖어미'를 올려다만 본다.

마침 젖살이 올라 흰떡으로 빚은 듯 볼때기 팔목 주먹 아랫도리 모두 부영고 토실토실하다.

처음 넉 달 있다가 나간 유모에게는 그런 줄 저런 줄 모르더니, 이번 이 유모한테는 아이가 바싹 낯을 익혀 가지고 여간 따르는 게 아니다.

"왜 또, 큰 소리가 났수?"

마침 옆집 노마네가 안대문으로 기웃이 들여다보더니, 유모 혼자 있는 것을 보고 활갯짓을 하면서 안마당으로 들어선다.

유모는 아니나 다를까, 해해 웃다가,

"이 방정이 재수없이 잠이 깨 가지구는 재랄을 해서 그랬다우." 하면서 아이한테 주먹질을 하다가,

"손님네 갔수?"

"간 게 머유! 시방 한창 법석인걸……."

노마네는 마룻전에 걸터앉아 괜히 사방을 둘러본다. 어서 먹자 던 점심이나 먹었으면 하는 속이다.

"같이 즘심 먹읍시다……. 먹을 건 없지만서두……." 하는 유모의 권념에,

"안 먹으면 어때! 난 어여 가 봐 주어야지." 하면서도 일어서지는 않는다.

그는 유모가 "심부림 같지만." 하면서, 시키는 대로 부엌으로

들어가서 밥상을 차려 가지고 나온다.

고기 구워둔 것은 아침에 군 것이라고 맛이 나갔대서, 곰국은 식어서 기름이 엉긴대서, 장조림은 너무 짜대서, 유모는 모두 젓갈도 대지 않고 그 덕에 노마네만 목구멍의 때를 벗긴다.

유모는 젓갈로 밥을 께지럭께지럭 먹는 체 마는 체,

"무어, 밥 먹을 것이 있어야지!…… 저는 밤이나 낮이나 나가서 처먹는다구, 제 자식 젖 먹여 기르는 사람두 좀 생각해야지! 걸핏하믄 꼬라지는 나서 생지랄은 허믄서……."

한바탕 강 건너 눈 흘기기로 욕먹은 앙갚음을 심심풀이 삼아 씹어 놓는다.

3

점심 뒤에 아이에게 젖꼭지를 물리고 누워 잠이 들었던 유모는 남편이 가만가만 부르는 소리에 잠이 깨기는 했다. 그는 왜 또 찾아 들어 왔나 하고 애여 마땅치 못해서, 잠이 깨어서도 짐짓 눈을 뜨지 않고 한참이나 자는 체 누워 있다가 마지못해 푸시시 일어나 앉는다.

어느 모로 보든지 남편질을 하지 못하는 남편이겠다, 찾아온 것이 반갑지도 않은데, 영락없이 무어 또 돈이나 조르러 왔을 게 분명한 거라, 그는 왔느냐는 말도 안 하고 소 닭 보듯이 멀거니 쳐다만 보다가, 그나마 외면을 해 버린다.

아내라는 유모에 비하면 남편 최 서방은 판판 약질이다. 어떻게 보면 글방 서방님이 아니면 포목전의 젊은 점원 같다.

그래서 막벌이 노동자지만, 함부로덤부로 아무 일이나 하지를 못하기 때문에 사흘에 한 번이나 나흘에 한 번 일에 얻어걸리기가 어렵다.

그래도 더러는 밥을 먹는다. 그 '더러는 먹는 밥'이 태반은 누구의 덕이냐 하면 아내가 유모로 들어가서 받는 월급 15원에서 10원씩 떼어 주는 그 돈 덕택이다. 그리고 그것은 다시, 제네들의 어린것이 젖을 뺏긴 그 덕이다.

본래 나약하고 또 무른 성미에 가뜩이나 폴폴하고 기승스런 아내에게 얻어먹고 살다시피 하니, 그 앞에 나오면 자연 기가 죽을 수밖에 없던 것이다.

"아, 어린것이!……"

최 서방은 지금 아내가, 제가 돈이라도 뜯으러 들어온 줄로 지레짐작을 하고서, 그렇게 찌르투룸해서 있는 눈치를 아는 터이라, 어린것이…… 하고 말을 운만 따다가, 위정 끝을 흐리던 것이다. 어린것이라는 게, 난 지 석 달 만에 어미가 이 집으로 유모살이를 들어오느라고 시어머니와 남편의 손에서 기르는 그네들의 소생이다.

"어린것이?"

유모는 막상 돈 이야기가 아니고 불쑥 어린것 말이 나오니까,

제사 싱겁던지 낯꽃이 조금 누그러진다.

　"응……. 뒈어질라구 그러는지, 원……."

　최 서방은 속이야 어디로 갔든지, 아내의 비위를 거스르지 않으려고, 아무렇지도 않은 듯이 남의 이야기 하듯 뚱긴다. 유모 역시 남의 일처럼,

　"앓는다우?"

　"응."

　"체, 바래지두 않는 게 왜 생겨 가지굴랑 앓기는 또……."

　유모는 제풀에 심정이 나서 혀를 차다가,

　"언제버틈?"

　"한 댓새 되나?"

　"뒈어지믄 제 팔자 좋지, 뭐……. 그대루 자라믄 별수 있을라구……."

　최 서방은 더 말을 못하고 끄먹끄먹 앉았다가,

　"인주어, 담배나 있거들랑 한 개……."

하면서 손을 내민다.

　유모는 옆에 놓았던 마코 곽에서 한 개 꺼내어 볼품사납게 홱 던져 준다. 최 서방은 검다 희다 없이 집어서 피워 물고, 우두커니 한눈만 팔고 앉았다가 혼잣말같이,

　"그거 참……. 병원이라두 좀 데리구 가볼래두, 어제 그저끼 일두 못해설랑 삯이나 받은 게 있어야지!"

　그러나 이렇게 말을 비치는 눈치를 저편이 모를 턱이 없다.

"별, 옘병헐 소리두 다아 듣겠네! 무슨 돈으루 벵원인지 급살인지를 데리구 가는구? 내버려두믄 제 명이 있으면 살아나구, 그렇잖으면 벵원 아니라 천하없는 디를 데리구 가두 뒤어질걸……. 남은 속상해 죽겠구만 귀인성 없는 소리만 투웅퉁 허구 있어!"

최 서방은 그만 질끔해서 덜미가 보이도록 고개를 푹 숙이고 담배만 빤다.

유모는 싹 돌아앉아서 한참이나 있다가 일어서서 방으로 들어가더니, 제 손그릇을 뒤져 10전짜리 한 푼 5전짜리 한 푼을 골라 가지고는 도로 마루로 나오면서, 남편에게 댕그랑 던져 준다.

"옛수. 벵원인지 지랄인지 그런 소리는 내지두 말구, 그걸루 약이나 한 첩 지어다 먹이우…… 5전을랑 담배나 한 곽 사구……."

최 서방은 구멍박이 두 푼을 집어 들고 머뭇머뭇하다가,

"있거들랑 5전만 더 주어."

하면서 뒤통수로 손이 올라간다.

"없어요! 내가 무슨 돈이 있다구 그러우? 내가 사주전을 맨드나? 어디 가서 서방질을 허나? 그저 육장 와서 입 벌린다는 게 돈, 돈 허니……."

"없거들랑 고만두어……. 난 이놈으루 10전은 약이나 한 첩 짓구, 5전만 더 보태서 마암거리나 한줌 얻어 가지구 갈려구 그랬지."

유모는 통퉁거리고 도로 방으로 들어가더니, 5전 한 푼을 더 찾아다 준다.

그의 손그릇에는 파라솔을 사려고 아껴둔 1원짜리 두 장과 잔
돈이 몇 십 전은 더 있었다.

최 서방은 5전 한 푼을 민망하게 더 받아들고,

"쥔 아씨헌테 말이나 허구서 잠깐 나와서 안 굽어다 볼래여?"

실상은 이 말을 하자고 들어온 것이다.

"내가 나가 본다구 죽을 게 살어나우?"

유모는 여전히 보풀스럽게 멋스리고 나서,

"한 달에 하루 다녀오는 것두 속으루는 찜찜해허는 걸, 무척 나
가보라겠구먼."

"참, 어디 갔어?"

인제 그만하면 볼일은 다 보았으니 일어서서 나갈 일이로되, 그
러나 그냥 주저앉은 채 최 서방은 히죽이 웃으면서 유모가 거처
하는 건넌방을 넌지시 넘겨다본다.

그 눈치를 알아챈 유모는 저도 잠깐 속으로 망설이다가,

"얼른 나가보기나 해요! 괜히……."

하고 쏘아버린다.

마루에서 뒹굴던 아이는 다시 유모에게로 기어올라, 뿌연 젖퉁
이를 하나는 물고 하나는 움키고 쭉쭉 들이빤다.

최 서방은, 제게서 아내를, 또 죽어가는 자식에게서는 기름진
젖꼭지를 뺏어간 이 조그마한 폭군에게 대해서 아무런 적개심도
가질 줄 모르고 그냥 돈 20전만 손에 쥔 채 돌아서 흐느적흐느적
대문간으로 나간다.

최 서방 살고 있는 집―집이 아니라, 세 들어 있는 건넌방은 대낮이면서 앞으로 좁다란 문 하나밖에 나지 않은 방 안은 눈 어둔 노인같이 침침하다.

방 안에서는 노파가 꼬부라진 허리를 더욱 꼬부리고 앉아, 다 닳은 촛불같이 목숨이 가물거리는 손자를 들여다보며 연신 한숨을 쉬곤 한다.

아이는 울 기운도 다― 빠져, 대창같이 야윈 눈두덩을 감고서 가끔 가다가 꽁꽁 앓는 소리만 낸다. 여섯 달이면서 몸피[1]와 키는 갓난아기만도 못하고, 주먹이며 팔다리는 야위다 못해 배배 꼬여 붙었다.

난 지 석 달 만인 지금부터 석 달 전에, 그 좋던 어미 젖을 놓치고 이내 고무 젖꼭지로 빨아먹은 것이라고는 좀 낫다는 것이 할머니가 쑨 마암이요, 그것조차 한 달에 태반은 동네 집에서 얻어 온 밥물로 때워 오곤 했었다.

해서 제 젖을 먹고 자랐으면 지금쯤 젖살이 복실복실 올라 '떡애기'라고 마침 탐스러울 판이요, 벙싯벙싯 웃기고 하고 설설 기어다니고 할 테련만, 닷새 전 병이 날 때까지에 겨우 사람 되는 시늉이라고는 누운 자리에서 엎치는 재주 하나를 배운 것뿐이다.

1) 몸통의 굵기.

그래도 할머니는 그것이 신통해서(어미 젖을 뺏기고, 그나마 그렇게 살아서 자라기는 하는 것이 더욱 애처롭고 신통해서) 남의 할머니다운 애정으로 기뻐도 하고 귀여워도 하고 해 왔었다.

그러던 끝인데, 아이가 체를 했는지 달리 무슨 병이 났는지 몸이 불덩이같이 덥고 가시같이 보채면서, 고무 젖꼭지를 물려 주어도 혓바닥으로 밀어내고 통히 먹지를 않았다.

할머니는 밤잠도 자지 못하고, 밤낮으로 아픈 허리를 꼬부리고, 안았다가 뉘었다가 하면서 그 복대기를 다 치렀다. 아비는 있대야 새벽 어둑허니 나가면 벌이야 있건 없건 저물게 돌아와서 나무토막처럼 스러져 자느라고, 그저 자식이 앓는 줄이나 알았지 성화는 먹지 않았었다.

그러는 동안에 아이는 울고 보채고 하던 것도 인제는 그나마 기운이 죄다 빠져, 목숨은 겨우 숨통에만 남은 듯이, 빨딱빨딱 가늘게 가쁜 숨만 쉬고 있다.

"에구 가엾어라! 무엇 허러 생겨났더냐!"

할머니는 진적거리는 눈에 눈물을 찔끔찔끔 흘리면서 넋두리를 내 놓는다.

"가난이 원수지! 그 좋던 어미 젖을 뺏기굴랑, 쯧쯧……. 에구 불쌍헌지구. 이러다가 그냥 뒤어지면 어쩐단 말이냐! 어미 젖이나 한 모금 얻어 먹구 뒤어져두 뒤어져야 헐디. 그냥 뒤어지면 배가 고파서 쯧쯧, 배가 고파서 어쩐단 말이냐! 에구 불쌍헌지구."

그새 몇 번이나 두고 안 듣던 아비를 졸라, 어미를 데리려 보내는 놓고도 오리라고는 싶지 않아서 하는 말이다.

아이는 다시 부대끼느라고 손과 발을 가느다랗게 바르르 떨면서 모깃소리만 하게 앵앵 사라질 듯 운다.

할머니는 밀려 내린 누더기를 덮어 주면서,

"오오냐, 오냐."

하고 다독거리나 그대로 울기만 한다. 행여 좀 빨아들일까 하고, 식어 빠진 밥물에 잠근 젖줄을 아이의 입에 대어 주는 것이나, 아이는 입술만 조금 놀리다가 도로 밀어 낸다.

"오오냐, 오냐. 인제 네 에미가 와서, 네 젖 주지 잉……. 오오냐 오냐, 우지 마라. 쯧쯧! 기왕 뒤어질려거든 부대끼지나 마라!"

5

닷새가 지나간 음력 그믐날.

유모는 곱게(적어도 저는 그렇게 믿는다) 단장을 하고 옷도 재곡재곡 해 두었던 것을 싸악 갈아입고 집에 갈 양으로 나섰다.

오늘은 월급날이요, 겸해서 한 달에 한 번 휴가를 타는 날인 것이다.

그는 오늘 아침에 받은 월급 15원에서 2원은 전에 쓰다가 둔 2

1) 실제로는 없는 것을 있는 것처럼 생각하는 일.

원과 한테 합쳐서 손그릇에 두어 두고 13원과 잔돈을 지니고 나섰다. 나서던 길로 맨 먼저 들른 곳이 샌전 모퉁이에 있는 조그마한 잡화점이다.

이 잡화점 진열창에 내놓은 파라솔 하나를 그는 십여 일째 두고 눈총을 들여오던 참이다.

처음 그놈이 진열창에 내놓였을 때, 그는 대번 눈에 들어서 값을 물어보았다.

3원 20전.

1원 한 장만 더 보탰으면 그 때 시재로 살 수가 있었다. 그래서 주인아씨와 이웃에 말을 해 보았으나, 되지 않아서 오늘까지 속을 태우면서 미뤄 왔던 것이다.

어느 날 밤 꿈에는 그 파라솔을 펴 받고 어떻게 된 셈인지 놀음에 불려서 인력거를 타고 종로 한복판을 지나가 보기까지 했었다.

그렇게나 미망[1]이 졌던 것인지라, 마침내 돈을 주고 사서 활짝 펴 들고 상점 앞을 나서니 어떻게도 좋은지, 파라솔 그것처럼 몸이 가볍게 떠오르는 것 같았다.

그는 등 뒤에서 젊은 점원이 싱긋 웃으면서,

"아주 썩 잘 얼리십니다! 그럴듯헌데요!"

하고, 실상은 조롱을 하는 것도 정말 칭찬으로 들리어, 몸뚱이가 근질근질했다.

그는 그 길로 다시 ××백화점에 들렀다. 위아래층을 골고루 다니면서 많이 구경을 하고, 마침내 설탕 한 근을 사가지고 전차 안

전지대로 나섰다. 그는 사람마다 다 저를 유심히 보아 주지 않는 것이 이상했다.

남편은 벌써 줄 맞은 병정이 되어, 오늘은 일도 나가지 않고 집에서 기다리고 있었다. 유모는 애초에 오늘 집에를 나가지 말고 있다가 남편이 기다리다 못해 저녁때 어슬렁어슬렁 찾아들어 오거든, 돈이나 주어 보내고 말까하고 두루 망설였었다. 구접지근한 그 동네 그 집에를 나가기가 싫던 것이다.

그러나 그래도 저어기 마음 한편 구석에 아직 조금만 걸리는 구석이 있어 마지못해 나오고 마는 제 자신이 차라리 이상했다.

시어머니는 마침 어디 나가고 없고, 남편이 어린것 옆에가 축 늘어져 누워 있었다.

유모는 먼지가 묻고 구기고 할까 봐서, 우선 치마와 단속곳을 벗어 한편으로 개켜 놓고야 어린것을 그러안는다.

"어쩌믄 이것이 이 꼴이 됐수!"

가시에다가 양초를 살폿 입혔다고나 할는지, 오목가슴이 발딱거리지만 않으면 죽었는가 싶게 산 기운이 없어 보이는 어린것의 입에다가 흐무진 젖퉁이의 젖꼭지를 물려 주면서 애꿎게 남편을 칭원하는 것이다. 그렇다고 어미다운 애정이 금시로 솟아나서 그러는 것은 아니다.

"좀 낫다는 게 그 모양인걸……."

1) 염치가 없음을 느껴 마음이 부끄럽고 거북함.

최 서방은 아내의 눈치를, 오늘은 돈을 얼마나 내놀려노? 저녁은 지내고 들어갈랴나? 해서 슬금슬금 눈치를 살펴가면서 건성으로 대답이다.

미상불 어린것은 제 어미 말대로, 제 명이 길어서 그랬든지 닷새 전에 죽을 고패를 넘기고는 차차 나아가는 참이었다―몸이 좀 식고 밥물도 빨아먹고 그리고 잠도 편히 자고―그래서 어미가 젖꼭지를 물려 줄 때도 마침 잠이 들었을 때라, 젖꼭지가 입술을 근질이니까 힘없이 눈을 뜨고 서투르게 두어 모금 빨더니, 제깐에도 이상했든지 잠시 입을 오물거리고 고갯짓을 하다가 비로소 다시 파고들어 빨아먹기 시작을 한다.

최 서방은 아내의 비끄러맨 손수건을 풀어 담뱃곽을 꺼내다가 같이 싼 돈을 좌르르 허트리고는 무렴[1]해서 쩔쩔맨다.

1원짜리가 수북하고 또 잔돈도 오붓해서, 그런 중에도 그는 속으로 느긋했다.

유모는 잔돈을 제쳐놓고 1원짜리를 다 집어 준다.

"옛수. 이게 9원이니 가지구 가서, 쌀 대두 한 말허구 좁쌀 한 말만 사가지구 오우. 남구두 좀 사구……. 그리구 반찬거리랑 또 고기두 한 근만 사구……."

지천도 안 먹고 돈은 듬뿍 나오고 해서, 입이 헤벌어진 최 서방은 돈을 받아들고 일어서서 아까 풀다가 무렴을 볼 뻔하던 아내의 마코 곽에서 한 개 꺼내 붙여 문다.

"어머니는 어디 갔수?"

빈(貧) … 제 1 장 제 2 과

빈(貧) … 제 1 장 제 2 과

인제 생각난 것은 아니나, 지나는 말로 남편더러 물어보는 것이
다.

"응."

"어디?"

"마암거리가 하나두 없어서……. 아마 동네 집으루 밥물을 얻
으러 가신다구 나가셨지……."

"양식이 그렇게 한 톨두 없었수?"

"응."

최 서방네 모자는 어제 아침에 좁쌀죽 한 보시기씩 먹고 이내
굶으면서, 문안에서 나오기만 까맣게 기다리고 있었던 참이다.

사온 양식으로 밥을 짓고, 고기로 반찬을 하고 해서 시어머니와
내외 세 식구가 석유 등잔불 밑에 앉아서 저녁밥을 달게 먹고 있
을 때 어린것도 모처럼 얻어먹은 기름진 모유(母乳)에 취했는지
가끔 바리작 거리면서 괴로워는 하나 색색 잠을 자고 있다.

그리고 그 뒤에 어린것은 그런대로 한 살 두 살 먹어가면서 바
스락 바스락 자라났다.

그 '뒷이야기' 는 다음에 다른 데서 하기로 한다.

82

치숙

우리 아저씨 말이지요? 아따 저 거시키, 한참 당년에 무엇이냐 그놈의 것 뭐? 사회주의라더냐 막덕[1]이라더냐, 그걸 하다가 징역 살고 나와서 폐병으로 시방 앓아 누웠는 우리 오촌 고모부 그 양반…….

　머 말도 마시오. 대체 사람이 어쩌면 글쎄……. 내 원!

　신세 간데없지요.

　자 10년 적공 대학교까지 공부한 것 풀어먹지도 못했지요, 좋은 청춘 어영부영 다 보냈지요, 신분에는 전과자란 붉은 도장 찍혔

────────────────────────

1) 마르크스주의를 믿는 사람이나 행위를 낮추어 부르는 말.
2) 유별나다, 두드러지게 다르다는 뜻.
3) 사람의 평생을 셋으로 나눈 것의 마지막 부분. 늙은 뒤의 운수나 처지를 이름.
4) 빰치게 낫다, 능가하다는 뜻.
5) 자진하여 애를 씀.
6) 죄에 대한 앙갚음.
7) 마음씨에 나타나는 어질고 너그러운 품성.

지요, 몸에는 몹쓸 병까지 들었지요.

이 신세를 해가지굴랑은 굴속 같은 오두막집 단간 셋방 구석에서 사시장철 밤이나 낮이나 눈 따악 감고 드러누웠군요.

재산이 어데 집 터전인들 있을 턱이 있나요. 서발막대 내저어야 짚 검불 하나 걸리는 것 없는 철빈인데.

우리 아주머니가, 그래도 그 아주머니가 어질고 얌전해서 알량한 남편양반 받드느라 삯바느질이야 남의 집 품빨래야 화장품 장사야 그 칙살스런 벌이를 해다가 겨우겨우 목구멍에 풀칠을 하지요.

치
숙

어디루 대나 그 양반은 죽는 게 두루 좋은 일인데 죽지도 아니해요.

우리 아주머니가 불쌍해요. 진작 한 나이라도 젊어서 팔자를 고치는 게 아니라 무슨 놈의 우난[2] 후분[3]을 바라고 있다가 끝끝내 그 고생을 하는지.

근 20년 소박을 당했군요. 20년 서러운 청춘 한숨으로 보내고서 다 늦게야 송장 여대치게[4] 생긴 양반을 그래도 남편이라고 모셔다가는 병수발 들랴 먹고살랴 애자진하고[5] 다니는 걸 보면 참말 가엾어요.

그게 무슨 죄다짐[6]이람? 팔자 팔자 하지만 왜 팔자를 고치지를 못하고 그래요. 우리 조선 구식 부인네들은 다 문명을 못하고 깨지를 못해서 그러지. 그 양반이 한시바삐 죽기나 했으면 우리 아주머니는 차라리 신세 편하리라. 심덕[7] 좋겠다, 솜씨 얌전하겠다

하니 어디 가선들 자기 일신 몸 가누고 편안히 못 지내요? 가만있자, 열여섯 살에 아저씨네 집으로 시집을 갔다니깐 그게 내가 열여덟 해로군. 열여덟 해면 20년 아니오.

그 때 우리 아저씨 양반은 나이 어리기도 했지만, 공부를 한답시고 서울로 동경으로 10여 년이나 돌아다녔고, 조금 자라서 색시 재미를 알 만하니까는 누가 이쁘달까 봐, 이혼하자고 아주머니를 친정으로 쫓고는 통히 불고를 하고…….

공부를 다 마치고 오더니만 그 담에는 그놈의 짓에 들입다 발광해 다니면서 명색 학생 출신이라는 딴 여편네 얻어 살았지요. 그 여편네는 나도 몇 번 보았지만 쌍판대기라고 별반 출 수도 없이 생겼습디다. 그 인물로 남의 첩이야? 일색 소박은 있어도 박색 소박은 없다더니, 소실 소박맞은 우리 아주머니가 그 여편네에다 대면 월등 이뻤다우.

그래 아무튼 그 양반은 필경 붙들려가서 5년이나 전중이[1]를 살았지요. 그 동안에 아주머니는 시집이고 친정이고 모두 폭 망해서 의지가지없이 됐지요. 그러니 어떻게 해요? 자칫하면 굶어죽을 판인데.

1) 징역살이를 속되게 이르는 말.
2) 더위잡고 기어오름.
3) 일제 시대의 상점 이름. 지금의 신세계 백화점을 말함.
4) '노점상이 헐값에 물건을 파는 행위'를 뜻하는 일본말.
5) '주인'의 일본말.
6) '오카미상'이 맞는 표기임. 남의 아내를 칭하거나, 여관 · 요정 등의 여주인을 뜻하는 일본말.

할 수 없이 얻어먹고 살기도 해야 하려니와, 또 아저씨 나오는 것도 기다려야 한다고 나를 반연[2] 삼아 서울로 올라왔더군요. 그게 그러니까 아저씨가 나오든 그 전해로군.

그 때 내가 나이는 어려도 두루 날뛴 보람이 있어서 이내 구라다상네 식모로 들어갔지요.

그 무렵에 참 내가 아주머니더러 여러 번 권면을 했지요. 그러지 말고 개가(改嫁)를 가라고. 글쎄 어린 소견에도 보기에 퍽 딱하고 민망합디다.

계제에 마침 또 좋은 자리가 있었고요. 미네상이라고 미쓰꼬시[3] 앞에서 바나나 다다끼우리[4] 하는 인데 사람이 퍽 좋아요.

우리 집 다이쇼(主人)[5]도 잘 알고 있는데 그이가 늘 나더러, 조선 오깜상[6]하고 살았으면 좋겠다고 중매 서 달라고 그래쌌어요.

돈은 모아둔 게 없어도 다 벌어먹고 살 만하니까 그런 사람 만나서 살면 아주머니도 신세 편할 게 아니라구요?

그런 걸 글쎄 몇 번 말해야 숭헌 소리 말라고 듣지 않는 걸 어떡하나요.

아무튼 그런 것 말고라도 참, 흰말이 아니라 이날 이때까지 내가 그 아주머니 뒤도 많이 보아주었다우. 또 나도 그럴 만한 은공이 없잖아 있구요.

내가 일곱 살에 부모를 잃었지요. 그러고 나서 의탁할 곳이 없이 됐는데 그 때 마침 소박을 맞고 친정살이를 하는 그 아주머니가 나를 데려다가 길러 주었지요. 그 때만 해도 그 집이 그다지

군색하게 지내진 않았으니까요. 아주머니도 아주머니지만 증조할머니며 할아버지도 슬하에 딴 자손이 없어서 나를 퍽 귀애하셨지요.

열두 살까지 그 집에서 자랐군요. 4년이나마 보통학교도 다녔고. 아마 모르면 몰라도 그 집안이 그렇게 치패[1]하지만 않았으면 나도 그냥 붙어 있어서 시방쯤은 전문학교까지는 다녔으리다.

이런 은공이 있으니까 나도 그걸 저버리지 않고 그래서 내 깜냥에는 갚을 만치 갚노라고 갚은 셈이지요.

하기야 요새도 간혹 아주머니가 찾아와서 양식 없다는 사정을 더러 하곤 하는데, 실토정 말이지 좀 성가시기는 해요.

그러는 족족 그 수응을 하자면 내 일을 못하겠는걸. 그래 대개 잘라 떼기는 하지요. 그러나 그 밖에, 가령 양 명절 때면 고깃근이라도 사 보낸다든지, 또 오며가며 들러서 이야기 낱이라도 한다든지 그런 건 결단코 범연히[2] 하진 않으니까요.

아무튼 그래서 아주머니는 꼬박 1년 동안 구라다상네 집 식모로 있으면서 월급 5원씩 받는 걸 그대로 고스란히 저금을 하고 또 틈틈이 삯바느질을 맡아다가 조금씩 벌어 보태고 또 나올 무렵에 구라다상네 양주가 퍽 기특하다고 돈 7원을 상급으로 주고 그런 게 이럭저럭 돈 백 원이나 존존히 됐지요.

1) 살림이 아주 결딴남.
2) 차근차근한 맛이 없이 데면데면함.
3) 오죽이나, 어찌 조금만큼만의 뜻으로 희망이나 추측을 나타내는 말.

그놈으로 방 한 칸 얻고 살림 나부랭이도 조금 장만하고 그래놓고서 마침 그 알량꼴량한 서방님이 놓여 나오니까 그리로 모셔들였지요.

놓여나는 날 나도 가서 보았지만 감옥 문 앞에 막 나서자 아주머니가 기다리고 있으니까 그래도 눈물이 핑—돌던데요.

치
숙

전에 그렇게도 죽을 둥 살 둥 모르고 좋아하든 첩년은 꼴도 안 뵈구요. 남의 첩년들이란 건 다 그런 게지요. 뭐.

우리 아저씨 양반은 혹시 그 여편네가 오지 않았나 하고 사방을 휘휘 둘러보던데요. 속이 그렇게 없다니까. 여편네는커녕 아주머니하구 나하구 그 외는 얼친 개새끼 한 마리 없었어요.

막 자동차에 올라타려다가 피를 토했지요. 나중에 들었지만 감옥소 안에서 달포 전부터 토혈을 했다나 봐요. 그래 다 죽어 가는 반송장을 업어 오다시피 해다가 뉘어 놓고, 그 날부터 아주머니가 불철주야로, 할 짓 못할 짓 다 해 가면서 부리나케 날뛴 덕에 병도 차차로 차도가 있고, 그러더니 인제는 완구히 살아는 났지요. 뭐 참 시방은 용 꼴인걸요, 용 꼴.

부인네 정성이 무서운 겝디다! 꼬박 3년이군. 나 같으면 돌아가신 부모가 살아오신대도 그 짓 못해요.

자, 그러니 말이요. 우리 아저씨라는 양반이 작히나[3] 양심이 있고 그럴 양이면, 어—허 내가 어서 바삐 몸이 충실해지거들랑 돈을 벌어다가 저 아내를 편안히 거느리고 이 은공과 전날의 죄를 갚아야 하겠구나…… 이런 맘을 먹어야 할 게 아닌가요?

아주머니의 은공을 갚자면 발에 흙이 묻을세라 업고 다녀야 할 것이지요.

그렇잖더래도 자기도 인제는 속 차려야지요. 속을 차려서 무얼 하재도 전과자니까 관리나 회사 같은 데는 들어가지 못하겠지만, 그야 자기가 저지른 일인 걸 누구를 원망할 일도 아니고 그러니 막 벗어부치고 노동이라도 해야지요. 대학교 출신이 막벌이 노동이란 게 꼴 가관이지만 그래도 할 수 없지, 뭐.

그런 걸 보고 가만히 나를 생각하면, 만약 우리 종조할아버지네 집이 그렇게 치패를 안 해서 나도 전문학교나 대학교를 졸업을 했으면 혹시 우리 아저씨 모양이 됐을지도 모를 테니 차라리 공부 많이 않고서 이 길로 들어선 게 다행이다…… 이런 생각이 들어요.

사실 우리 아저씨 양반 대학교까지 졸업하고도 인제는 기껏 해먹을 거란 막벌이 노동밖에 없으니 보통학교 4년 겨우 다니고서도 시방 앞길이 환히 트인 내게다 대면 고쓰까이[1]만도 못하지요.

아, 그런데 글쎄 막벌이 노동을 하고 어쩌고 하기는커녕 조금 바시시 살아날 만하니까 이 주책꾸러기 양반이 무슨 맘보를 먹는고 하니 내참 기가 막혀!

아니, 그놈의 것하구는 무슨 대천지원수가 졌단 말인지, 어쨌다고 그걸 끝끝내 하지 못해서 그 발광인고?

그나마 그게 밥이 생기는 노릇이란 말이요? 명예를 얻는 노릇이란 말요. 필경은 잡혀가서 징역 사는 놀음?

아마 그놈의 것이 아편하구 딱 같은가 봐요. 그렇길래 한 번 맛을 들이면 끊지를 못하지요?

그렇지만 실상 알고 보면은 그게 그다지 재미가 난다거나, 맛이 있다거나, 그런 것도 아니더군 그래요. 부랑당패던데요. 하릴없이 부랑당패들입디다.

저— 서양 어디선가 일하기 싫어하는 게으름뱅이 몇 놈이 양지쪽에 모여 앉아서 놀고 먹을 궁리를 했더라나요. 우리 집 다이쇼가 다 자상하게 이야기를 해 줍디다그려.

게, 그 녀석들이 서루 구누²⁾를 하기를, 자 이 세상에는 부자가 있고 가난한 사람이 있고 하니 그건 도무지 공평한 일이 아니다. 사람이란 건 이목구비하며 사지육신을 다 같이 타고 났는데 누구는 부자로 잘살고 누구는 가난하다니 그게 될 말이냐, 그러나 부자가 가진 것을 우리 가난한 사람들하구 다 같이 고르게 나누어 먹어야 경우가 옳다.

야—그거 옳은 말이다. 야—그 말 좋다. 자—나누어 먹자.

아, 이렇게 설도를 해 가지고 우—하니 들고일어났다는군요.

아니, 그러니 그게 생 날부랑당놈의 수작이 아니고 무어요?

사람이란 것은 제가끔 분지복³⁾이 있어서 기수를 잘 타고나고 부지런하면 부자가 되는 법이요. 복록을 못 타고나든지 게으른 놈은 가난하게 사는 법이요, 다 이렇게 마련인데 그거야말로 공평한 천리인 것을, 됩다 불공평하다니 될 말이요? 그러고서 억지로 남의 것을 뺏어 먹자고 들다니 그놈들이 부랑당이지 무어요.

짓이 부랑당 짓일 뿐 아니라, 또 만약에 그러기로 들면 게으른 놈은 점점 더 게으름만 부리고 좇아다니면서 부자 사람네가 가진 것만 뺏어 먹을 테니 이 세상은 통으로 도적놈의 판이 될 게 아니요? 그나마 부자 사람네가 모아 둔 걸 다 뺏기고 더는 못 먹여 내는 날이면 그 때는 이 세상 망하는 날이 아니오?

저마다 남이 농사지어 놓으면 그걸 뺏어 먹으려고 일 않고 번둥번둥 놀 것이고 그럴 테니, 대체 곡식이며 옷감이며 다 어디서 나올 데가 있어야지요. 세상 망할밖에!

글쎄 그놈의 짓이 그렇게 세상 망쳐놀 화단[1]인 줄은 모르고서 가난한 놈들—그 중에도 일하기 싫은 게으름뱅이들이 위선 당장 부자 사람네 것을 뺏어 먹는다니까 거기 혹해가지굴랑 너두나두 와—하니 참섭을 했다는구려.

바루 저 아라사[2]가 그랬대요.

그래서 아니나 다를까 농군들이 곡식을 안 만들기 때문에 사람

1) 화(禍)를 불러 일으키는 실마리.
2) 러시아.
3) 고소하게 여겨지는 일.
4) 조선을 이르는 말.
5) 두 사람이서 우스갯소리를 주고받으며 관객을 웃기는 연극.
6) 무리들이 기합을 넣거나 무거운 짐을 들 때 지르는 함성.
7) '익숙한 행사'의 일본말.

이 수만 명씩 굶어 죽는다는군요. 빤한 이치지 뭐.

위선 먹기는 곶감이 달다고 그 지랄들을 했다고 잘코사니[3]야.

아 그런데 그 못된 놈의 풍습이 삽시간에 동서양 각국 안 간 데 없이 퍼져가지굴랑 한동안 내지에도 마구 굉장히 드세게 돌아다녔고 내지가 그러니까 멋도 모르는 죄선[4] 영감상들도 덩달아서 그 흉내를 냈다나요.

치
숙

그렇지만 시방은 그새 나라에서 엄하게 밝히고 금하고 한 덕에 많이 너끔해졌고 그런 마음 먹는 사람은 별반 없다나 봐요.

그럴 게지 글쎄. 아 해서 좋을 양이면야 나라에선들 왜 금하며 무슨 원수가 졌다고 잡어다가 징역을 살리나요?

좋고 유익한 것이면 나라에서 도리어 장려하고 잘할라치면 상급도 주고 그러잖아요.

활동 사진이며 스모며 만자이[5]며 도 왓쇼왓쇼[6]랄지 세이레이낭아시[7]랄지 라디오 체조랄지 이런 건 다 유익한 일이니까 나라에서 설도도 하고 그러잖아요.

나라라는 게 무언데? 그런 것 다 잘 분간해서 이럴 건 이러고 저럴 건 저러고 지시하고 그 덕에 백성들이 제각기 제 분수대로 편안히 살도록 애써 주는 게 나라 아니오?

그놈의 것 사회주의만 하더라도 나라에서 금하질 않고 저이가 하는 대로 뒤뒀어 보아? 시방쯤 세상이 무엇이 됐을지…….

다른 사람들도 낭패 본 사람이 많았겠지만 위선 나만 하더라도 글쎄 어쩔 뻔했어! 아무 일도 다 틀리고 뒤죽박죽이지.

내 희망과 계획은 이렇거든요.

　우리 집 다이쇼가 나를 각별히 귀여워하고 신용을 하니깐 인제 한 10년 더 있으면 한밑천 들여서 따로 장사를 시켜 줄 그런 눈치거든요.

　그놈을 언덕삼아 가지고 나는 30년 동안, 예순 살 환갑까지만 장사를 해서 꼭 10만 원을 모을 작정이지요. 10만 원이면 죄선 부자로 쳐도 천석꾼이니 머, 떵떵거리고 살 게 아니요?

　그리고 우리 다이쇼도 한 말이 있고 하니까 나는 내지인 규수한 테로 장가를 들래요. 다이쇼가 다 알아서 얌전한 자리를 골라 중매까지 서 준다고 그랬어요.

　내지 여자가 참 좋지요.

　나는 죄선 여자는 거저 주어도 싫어요. 구식 여자는 얌전은 해도 무식해서 내지인하구 교제하는 데 안 되고, 신식 여자는 식자나 들었다는 게 건방져서 못쓰고, 도무지 그래서 죄선 여자는 신식이고 구식이고 다 제바리여요.

　내지 여자가 참 좋지 뭐. 인물이 개개 일자로 이쁘겠다, 얌전하겠다, 상냥하겠다, 지식이 있어도 건방지지 않겠다, 좀이나 좋아!

　그리고 내지 여자한테 장가만 들 뿐 아니라 성명도 내지인 성명으로 갈고, 집도 내지인 집에서 살고, 옷도 내지 옷을 입고, 밥도 내지식으로 먹고, 아이들도 내지 이름을 지어서 내지인 학교에

---

1) 미친 상태로 사는 일.
2) 생각이나 행동 따위가 괘씸하고 엉큼함.

94

보내고……. 내지인 학교래야지 죄선 학교는 너절해서 아이들 버려놓기 꼭 맞아요.

그리고 말도 죄선말은 싹 걷어치우고 내지어만 쓰고요.

이렇게 다 생활 법식부터도 내지인처럼 해야만 돈도 내지인처럼 잘 모으게 되거든요.

내 희망이며 계획은 이래서 그 10만 원짜리 큰 부자가 바로 내 다뵈고 그리로 난 길이 환하게 트이고 해서 나는 시방 열심으로 길을 가고 있는데, 글쎄 그 미쳐살미[1] 든 놈들이 세상 망쳐 버릴 사회주의를 하려 드니 내야 소름이 끼칠 게 아니라구요? 말만 들어도 끔찍하지!

세상이 망해서 뒤집히면 그래 나는 어쩌란 말이야? 아무것도 다 허사가 될 테니 그런 억울할 데가 있더람?

머 참 우리 집 다이쇼 말이 일일이 지당해요.

여느 절도나 강도나 사기나 그런 죄는 도적이면 도적을 해 가는 그 당장 그 돈만 축을 내니까 오히려 죄가 가볍지만, 그놈의 것 사회주윈지 지랄인지는 온 세상을 뒤죽박죽을 만들어 놓고 나라를 통째로 소란하게 하니까 도저히 용서할 수가 없대요.

용서라니! 나 같으면 그런 놈들은 모조리 쓸어다가 마구 그저 그냥…….

그런 일을 생각하면, 털어놓고 말이지 우리 아저씬지 그 양반도 여간 불측[2]스러 뵈질 안 해요. 사실 아주머니만 아니면 내가 무슨 천주학이라고, 나쁜 병까지 앓는 그 양반을 찾아다니나요. 죽는

치
숙

대도 코도 안 풀어 붙일걸.

그러나마 전자의 죄상을 다 회개를 하고 못된 마음을 씻어 버렸을 새 말이지, 머 개꼬리 3년이라더냐, 종시 그 모양일걸요.

그러니깐 그게 밉살머리스러워서, 더러 들렀다가 혹시 마주앉아도 위정 뼈끝 저린 소리나 내쏘아 주고 말을 따잡아가지굴랑 꼼짝 못하게시리 몰아세우곤 하지요.

요전번에도 한번 혼을 단단히 내주었지요. 아 그랬더니 아주머니더러 한다는 소리가 그 녀석 사람 버렸더라고 아무짝에도 못쓰게 길이 들었더라고 그러더라나요!

내 원 그 소리를 듣고 하두 어처구니가 없어서!

대체 사람도 유만부동이지, 그 아저씨가 날더러 사람 버렸느니 아무짝에도 못쓰게 길이 들었느니 하더라니 원 입이 몇 개나 되면 그런 소리가 나오는 구멍도 있누?

죄선 벙어리가 다 말을 해도 나 같으면 할 말 없겠더구만서두 하면 다 말인 줄 아나 봐?

이를테면 그게 명색 훈계 비슷한 거렸다? 내게다가 맞대놓고 그런 소리를 하다가는 도로 잡혀서 혼이 날 테니까 슬며시 아주머니더러 이르란 요량이든 게지?

기가 막혀서!…… 하느님이 인간 콧구멍 두 개로 마련하기 참 다행이야.

1) 상점 등에서 일을 배우며 잔심부름을 하는 젊은 사람을 뜻하는 일본말.
2) 상가의 고용인 우두머리, 상점의 지배인을 뜻하는 일본말.

글쎄 아무려면 내가 자기처럼 다 공부는 못하고 남의 집 고조(小僧)[1]노릇으로, 반또(番頭)[2] 노릇으로 이렇게 굴러먹을 값이 이래 보여도 표창을 두 번이나 받은 모범 점원이요, 남들이 똑똑하고 재주 있고 얌전하다고 칭찬이 놀랍고 앞길이 환히 트인 청년인데, 그래 자기 눈에는 내가 버린 놈이고 아무짝에도 못쓰게 길이 든 놈으로 보였단 말이지?

하하 오올지! 거참 그렇겠군. 자기는 자기 하는 짓이 옳으니까, 남이 하는 짓은 다 글렀단 말이렷다?

그러니까 나도 자기처럼 그놈의 것 사회주읜지 급살 맞은 것인지나 하다가 징역이나 살고 전과자가 되고 폐병이나 앓고 다 그랬더라면 사람 버리지도 않고 아무짝에도 못쓰게 길든 놈도 아니고 그럴 뻔했군그래!

흥! 참…….

제 밑 구린 줄 모르고서 남더러 어쩌구저쩌구 한다는 게 꼭 우리 아저씨 그 양반을 두고 이른 말인가 봐.

그 날도 실상 이랬다우. 혼을 내주었더니 아주머니더러 그런 소리를 하더란 그 날 말이오.

그 날이 마침 내가 쉬는 날이길래 아주머니더러 할 이야기도 있고 해서 아침결에 좀 들렀더니, 아주머니는 남의 혼인집으로 바느질해 주러 갔다고 없고, 아저씨 양반만 여전히 아랫목에 가 드러누웠어요.

그런데 보니까 어디서 모두 뒤져냈는지, 머리맡에다가 헌 언문 잡지를 수북이 싸 놓고는 그걸 뒤져요.

그래 나도 심심삼아 한 권 집어 들고 떠들어보았더니, 머 읽을 맛이 나야지요.

대체 죄선 사람들은 잡지 하나를 해도 어째 모두 그 꼬락서니로 해 놓는지.

사진도 없지요, 망가〔漫畵〕도 없지요 그러구는 맨판 까탈스런 한문 글자로다가 처박아 놓으니 그걸 누구더러 보란 말인고?

더구나 우리 같은 놈은 언문도 그런 대로 뜯어보기는 보아도 읽기에 여간만 폐롭지가 않아요.

그러니 어려운 언문하고 까다로운 한문하고를 섞어서 쓴 글은 뜻을 몰라 못 보지요. 언문으로만 쓴 것은 소설 나부랭인데, 읽기가 힘이 들 뿐 아니라 또 죄선 사람이 쓴 소설이란 건 아무 재미도 없지요. 그래서 나는 죄선 신문이나 죄선 잡지하구는 담쌓고 남 된 지 오랜걸요.

잡지야 머 《낑구》나 《쇼넹구라부》[1] 덮어먹을 잡지가 없지요. 참 좋아요.

한문 글자마다 가나를 달아 놓았으니 어떤 대문을 척 펴들어도 술술 내리읽고 뜻을 횅하니 알 수가 있지요. 그리고 어떤 대문을

1) 일본의 유명한 종합 잡지 이름.
2) 일본 다이쇼(大正)시대의 유명한 작가 이름.
3) 칼날이 부딪치는 소리의 일본말.
4) 역사 소설을 가리키는 일본말.

읽어도 유익한 교훈이나 재미나는 소설이지요.

소설 참 재미있어요. 그 중에도 기쿠치 간[2] 소설!…… 어쩌면 그렇게도 아기자기하고도 달콤하고도 재미가 있는지. 그리고 요시카와 에이지, 그이 소설은 진찐바라바라[3]하는 지다이모노[4]인데 마구 어깻바람이 나지요.

소설이 모두 재미가 있지요. 망가가 많지요. 사진이 많지요. 그러고도 값은 좀 헐하나요. 15전이면 바루 그 전달 치를 사 볼 수 있고 보고 나서는 5전에 도루 파는데요.

치
숙

잡지도 기왕 하려거든 그렇게 해야지, 죄선 사람들은 젠장 큰소리는 곧잘 하더구만서두 잡지 하나 반반한 거 못 만들어 내니!

그 날도 글쎄 잡지가 그 꼴이라 아예 글은 볼 맛도 없고 해서 혹시 망가나 사진이라도 있을까 하고 책장을 후루루 넘기노라니깐 마침 아저씨 이름이 있잖아요! 하도 신통해서 쓰윽 펴 들고 보았더니 제목이 첫 줄은 경제…… 무엇 어쩌구 쇠눈깔만씩 한 글자로 박아 놓고, 그 옆에다가 사회…… 무엇 어쩌구 잔주를 달았더군요.

그것만 보아도 벌써 그럴듯해요. 경제는 아저씨가 대학교에서 경제를 배웠다니까 경제 속은 잘 알 것이고, 또 사회는 그것 역시 사회주의를 했으니까 그 속도 잘 알 것이고, 그러니까 경제하고 사회주의하고 어떻게 서로 관계가 되는 것이며 어느 편이 옳다는 것이며 그런 소리를 썼을 게 분명해요.

머 보나 안 보나 속이야 빤하지요. 대학교까지 가설랑 경제를 배우고도 돈은 모을 생각 않고서 사회주의만 하고 다닌 양반이라 경제가 그르고 사회주의가 옳다고 우겨댔을 거니까요.

아무튼 아저씨가 쓴 글이라는 게 신기해서 좀 보아볼 양으로 쓰윽 훑어 봤지요. 그러나 웬걸 읽어먹을 재주가 있나요.

글자는 아주 어려운 자만 아니면 대강 알기는 하겠는데 붙여보아야 대체 무슨 뜻인지를 알 수가 있어야지요!

속이 상하길래 읽어 보는 건 작파하고서 아저씨를 좀 따잡고 몰아셀 양으로 그 대목을 차악 펴놓았지요.

"아저씨?"

"왜 그러니?"

"아저씨가 여기다가 경제 무어라구 쓰구 또, 사회 무어라구 썼는데, 그러면 그게 경제를 하란 뜻이요? 사회주의를 하란 뜻이요?"

"뭐?"

못 알아듣고 뚜렛뚜렛해요. 자기가 쓰고도 오래돼서 다 잊어버렸거나, 혹시 내가 말을 너무 까다롭게 내기 때문에 섬뻑 대답이 안 나왔거나 그랬겠지요. 그래 다시 조곤조곤 따졌지요.

"아저씨…… 경제란 것은 돈 모아서 부자 되라는 거 아니요? 그런데 사회주의란 것은 모아 둔 부자 사람의 돈을 뺏어 쓰는 거 아니요?"

"이 애가 시방!"

"아니, 들어 보세요."

"너 그런 경제학, 그런 사회주의 어데서 배웠니?"

"배우나마나, 경제란 건 돈 많이 벌어서 애껴 쓰구 나머지 모아 두는 게 경제 아니요?"

"그건 보통 경제한다는 뜻으루 쓰는 경제고, 경제학이니 경제적이니 하는 건 또 다르다."

"다른 게 무어요? 경제는 돈 모으는 것이고, 그러니까 경제학이면 돈 모으는 학문이지요."

"아니다. 혹시 이재학(理財學)이라면 돈 모으는 학문이라고 해도 근리할지 모르지만 경제학은 그런 게 아니다."

"아니 그렇다면 아저씨 대학교 잘못 다녔소. 경제 못하는 경제학 공부를 5년이요 6년이나 했으니 그게 무어란 말이요? 아저씨가 대학교까지 다니면서 경제 공부를 하구두 왜 돈을 못 모으나 했더니 인제 보니깐 공부를 잘못해서 그랬군요!"

"공부를 잘못했다? 허허, 그랬을는지도 모르겠다. 옳다, 네 말이 옳아!"

이거 봐요 글쎄. 담박 꼼짝 못하잖아. 암만 대학교를 다니고, 속에는 육조를 배포했어도 그렇다니깐 뭐…….

"아저씨?"

"왜 그래?"

"그러면 아저씨는 대학교를 다니면서 돈 모아 부자 되는 경제 공부를 한 게 아니라 모아 둔 부자 사람네 돈 뺏어 쓰는 사회주의 공부를 했으니 말이지요……."

"너는 사회주의가 무얼루 알구서 그러니?"

"내가 그까짓 걸 몰라요?"

한바탕 죽 설명을 했지요. 내 얼굴만 물끄러미 올려다보고 누웠더니 피쓱 한 번 웃어요. 그러고는 그 양반이 하는 소리가요,

"그게 사회주의냐? 부랑당이지."

"아니, 그럼 아저씨두 사회주의가 부랑당인 줄은 아시는구려?"

"내가 언제 사회주의가 부랑당이랬니?"

"방금 그러잖었어요?"

"글쎄, 그건 사회주의가 아니라 부랑당이란 그 말이다."

"거 보시우! 사회주의란 것은 그렇게 날부랑당이어요. 아저씨두 그렇다구 하면서 아니래시요?"

"이 애가 시방 입심 겨룸을 하재나!"

이거 봐요. 또 꼼짝 못하지요? 다 이래요 글쎄…….

"아저씨?"

"왜 그래?"

"아저씨두 맘 달리 잡수시오."

"건 어떻게 하는 말이냐?"

"걱정 안 되시우?"

"나 같은 사람이 걱정이 무슨 걱정이냐? 나는 네가 걱정이더라."

"나는 머 버젓하게 요량이 있는걸요."

"어떻게?"

"이만저만한가요!"

또 한바탕 주욱 설명을 했지요. 이 얘기를 다 듣더니 그 양반 한다는 소리 좀 보아요.

"너두 딱한 사람이다!"

"왜요?"

"……."

"아니, 어째서 딱하다구 그리시우?"

치
숙

"……."

"네? 아저씨."

"……."

"아저씨?"

"왜 그래?"

"내가 딱하다구 그러셨지요."

"아니다. 나 혼자 한 말이다."

"그래두……?"

"이 애?"

"네?"

"사람이란 것은 누구를 물론허구 말이다, 아첨하는 것같이 더러운 게 없느니라."

"아첨이요?"

"저―위로는 제왕…… 밑으로는 걸인…… 그 모든 사람이 제가끔 제 분수대루 살아가는 데 있어서 말이다, 제 개성을 속여 가면

103

서 생활에다가 아첨하는 것같이 더러운 것이 없고, 그런 사람같이 가련한 사람은 없느니라. 사람이란 것은 밥 두 그릇이 하필 밥 한 그릇보다 더 배가 부른 건 아니니까."

"그건 무슨 뜻인데요?"

"네가 내지인 여자와 결혼을 해서 성명까지 갈고 모든 생활 법도를 내지화하겠다는 것이 말이다."

"네 그게 좋잖어요?"

"그것이 말이다. 진실로 깊은 교양이나 어진 지혜의 판단에서 우러나온 것이라면 그도 함직한 노릇이겠지. 그렇지만 내가 보기에 네가 그런다는 것은 다른 뜻으로 그러는 것 같다."

"다른 뜻이라니요?"

"네 주인의 비위를 맞추고 이웃의 비위를 맞추고 하자고……."

"그야 물론이지요! 다이쇼 신용을 받어야 하고, 이웃 내지인들하고도 좋게 지내야지요. 그래야 할 게 아니겠어요?"

"……."

"아저씨는 아직두 세상 물정을 모르시요. 나이는 나보담 많구 대학교 공부까지 했어도 일찌감치 고생살이한 나만큼 세상 물정은 모릅니다. 시방은 어느 세상인데 그러시우?"

"이 애?"

"네?"

"네가 방금 세상 물정이랬지?"

"네."

"앞길이 환하니 트였다구 그랬지?"

"네."

"환갑까지 10만 원 모은다구 그랬지?"

"네."

"네가 말하는 세상 물정하구, 내가 말하려는 세상 물정하구 내용이 다르기도 하지만, 세상 물정이란 건 그야말로 그리 만만한 게 아니다."

치
숙

"네?"

"사람이란 건 제 아무리 날구 뛰어도 이 세상에 형적 없이 그러나 세차게 주욱 흘러가는 힘, 그게 말하자면 세상 물정이겠는데, 결국 그놈의 지배하에서 그놈을 따라가지 별수가 없는 거다."

"네?"

"쉽게 말하면 계획이나 기회를 아무리 억지로 만들어 놓아도 결과가 뜻대루는 안 된단 말이다."

"체? 아저씨두……. 아 요전 《낑구》라는 잡지에두 보니깐 나뽀레옹이라는 서양 영웅이 그랬답디다. 기회는 제가 만든다구. 그리고 불가능이란 말은 바보의 사전에서나 찾을 글자라구요. 아자꾸자꾸 계획하고 기회를 만들구 해서 분투 노력해 나가면 이세상일 안 되는 일이 어데 있나요? 한 번 실패하거든 곱절 용기를 내가지구 다시 일어서지요. 칠전팔기 모르시오?"

"나폴레옹도 세상 물정에 순응할 때는 성공했어도 그놈에 거슬리다가 실패를 했더란다. 너는 칠전팔기해서 성공한 몇 사람만

보았지, 여덟 번 일어섰다가 아홉 번째 가서 영영 쓰러지구는 다시 일지 못한 숱한 사람이 있는 건 모르는구나?"

"그래두 인제 두구 보시우. 나는 천하없어두 성공하구 말테니……. 아저씨는 그래서 더구나 못써요……. 일해 보기두 전에 안 될 줄로 낙심 먼저 하구……."

"하늘은 꼭 올라가 보구래야만 높은 줄 아니?"

원 마지막에 가서는 할 소리가 없으니깐 동에도 닿지 않는 비유를 갖다가 둘러대는 것 보아요. 그게 어디 당한 말인고? 안 올라가 보면 뭐 하늘 높은 줄 모를 천하 멍텅구리도 있을까?

그만 해 두려다가 심심하길래 또 말을 시켰지요.

"아저씨?"

"왜 그래?"

"아저씨는 인제 몸 다 충실해지면 어떡허실려우?"

"무얼?"

"장차……."

"장차?"

"장차 어떡허실 작정이세요?"

"그럼 아저씨는 아무 작정 없이 살아가시우?"

"없기는?"

"있어요?"

"있잖구?"

"무언데요?"

"그새 지내오든 대루……."

"그러면 저 거시키 무엇이냐 도루 또 그걸……?"

"그렇겠지."

"아저씨?"

"……."

"아저씨?"

"왜 그래?"

"인젠 그만두시우."

"그만두라구?"

"네."

"누가 심심소일루 그런 줄 아느냐?"

"그렇잖구요?"

"……."

"아저씨?"

"……."

"아저씨?"

"왜 그래?"

"아저씨 올에 몇이지요?"

"서른셋."

"그러니 인제는 그만큼 해 두고 맘 잡어서 집안일 할 나이두 아
니오?"

"집안일은 해서 무얼 하나?"

"그렇기루 들면 그 짓은 해서 또 무얼 하나요?"

"무얼 하려구 하는 게 아니란다."

"그럼, 아무 희망이나 목적이 없으면서 그래요?"

"목적? 희망?"

"네, 네."

"개인의 목적이나 희망은 문제가 다르니까……. 문제가 안 되니까……."

"원 그런 법도 있나요?"

"법?"

"그럼요!"

"법이라……."

"아저씨?"

"……."

"아저씨?"

"왜 그래?"

"아주머니가 고맙잖습니까?"

"고맙지."

"불쌍하지요?"

"불쌍? 그렇지. 불쌍하다면 불쌍한 사람이지!"

"그런 줄은 아시누만?"

"알지."

"알면서 그러시우?"

"고생을 낙으로—그놈 쓰라린 맛을 씹고 씹고 하면서 그놈에서 단맛을 알아내는 사람도 있느니라. 사람도 있는 게 아니라, 사람마다 무슨 일에고 진정과 정신을 꼬박 거기다가만 쓰면 그렇게 되는 법이니라. 그러니까 그쯤 되면 그 때는 고생이 낙이지. 너의 아주머니만 두고 보더래도 고생이 고생이면서 고생이 아니고, 고생하는 게 낙이란다."

"그렇다고 아저씨는 그걸 다행히만 여기시우?"

"아―니."

"그러거들랑 아저씨두 아주머니한테 그 은공 더러는 갚어야 옳을 게 아니오?"

"글쎄, 은공을 모르는 건 아니지만……."

"그러니 인제 병 확실히 다 나신 뒤엘라컨……."

"바뻐서 원……."

글쎄 이 한다는 소리 좀 보지요? 시치미 뚜욱 떼고 누워서 바쁘다는군요!

사람 속 차릴 여망 없어요. 그저 어디루 대나 손톱만치도 쓸모는 없고 남한테 사폐만 끼치고, 세상에 해독만 끼칠 사람이니, 뭐 하루바삐 죽어야 해요. 죽어야 하고 또 죽어서 마땅해요. 그런데 글쎄 죽지를 않고 꼼지락꼼지락, 도로 살아나니 성화라구는, 내…….

논이야기

1

일인[1]들이 토지와 그 밖에 온갖 재산을 죄다 그대로 내놓고 보따리 하나에 몸만 쫓겨 가게 되었다는 이야기를 듣는 한 생원은 어깨가 우쭐하였다.

"거 보슈 송 생원. 인전들, 내 생각나시지?"

한 생원은 허연 탑삭부리에 묻힌 쪼글쪼글한 얼굴이, 위아래 다섯 대밖에 안 남은 누런 이빨과 함께 흐물흐물 웃는다.

"그러면 그렇지, 글쎄 놈들이 제아무리 영악하기로소니 논에다 너귀탱이 말뚝 박구섬 인도깨비처럼, 어여차 어여차, 땅을 떠가지구 갈 재주야 있을 이치가 있나요?"

한 생원은 참으로 일본이 항복을 하였고, 조선은 독립이 되었다

주 ——————————————————————

1) 일본인을 축약해서 부른 말.
2) 앞장서서 일을 주선함.

112

는 그 날—8월 15일 적보다도 신이 나는 소식이었다. 자기가 한 말[豫言]이 꿈결같이도 이렇게 와 들어맞다니……. 그리고 자기가 한 말대로, 자기가 일인에게 팔아넘긴 땅이 꿈결같이도 도로 자기의 것이 되게 되었다니……. 이런 세상에 신기하고 희한할 도리라고는 없었다.

조선이 독립이 되었다는 8월 15일, 그 때는 한 생원은 섬뻑 만세를 부르고 싶은 생각이 나지 않았어도, 이번에는 저절로 만세 소리가 나와지려고 하였다.

8월 15일 적에 마을에서는 젊은 사람들이 설도²⁾를 하여 태극기를 만들고, 닭을 추렴하고, 술을 사고 하여 놓고 조촐히 만세를 불렀다.

한 생원은 그 자리에 참례를 하지 아니하였다. 남들이 가서 같이 만세를 부르자고 하였으나 한 생원은 조선이 독립이 되었다는 것이 별양 반가운 줄을 모르겠었다. 그저 덤덤할 뿐이었다.

물론 일본이 항복을 하였으니 전쟁은 끝이 난 것이요, 전쟁이 끝이 났으니 벼 공출을 비롯하여 솔뿌리 공출이야, 마초 공출이야, 채소 공출이야, 가지가지의 그 억울하고 성가신 공출이 없어지고 말 것이었다.

또, 열여덟 살배기 손자놈 용길이가 징용에 뽑혀 나갈 염려가 없을 터였다. 얼마나 한 생원은, 일찍이 아비를 여의고, 늙은 손으로 여태껏 길러온 외톨 손자놈 용길이가 징용에 뽑히지 말게 하려고, 구장과 면의 노무계 직원과, 부락 담당 직원에게 굽은 허리를 굽실거리며 건사를 물고 하였던고. 굶는 끼니를 더 굶어 가면서 그들에게 쌀을 보내어 주기. 그들이 마음에 얼찐하면 부랴부랴 청해다 씨암탉 잡고 술 대접하기. 한창 농사일이 몰릴 때라도, 내 농사는 손이 늦어도 용길이를 시켜 그들의 논에 모 심고 김매어 주고 하기. 이 노릇에 흰머리가 도로 검어질 지경이요, 빚(債)은 고패[1]가 넘도록 지고 하였다.

하던 것이 인제는 전쟁이 끝이 났으니, 징용 이자는 싹 씻은 듯 없어질 것. 마음 턱 놓고 두 발 쭉 뻗고 잠을 자도 좋았다.

이런 일을 생각하면 한 생원도 미상불 다행스럽지 아니한 것은 아니었다. 그러나 오직 그뿐이었다.

독립?

신통할 것이 없었다.

독립이 되기로서니, 가난뱅이 농투성이가 별안간 나으리 주사 될 리 만무하였다. 가난뱅이 농투성이가 남의 세토〔貰土:소작〕 얻어 비지땀 흘려가면서 1년 농사지어 절반도 넘는 도지(소작료) 물고 나머지로 굶으며 먹으며 연명이나 하여 가기는 독립이 되거나 말거나 매양 일반일 터였다.

공출이야 징용이야 하여서 살기가 더럭 어려워지기는 전쟁이 나면서부터였었다. 전쟁이 나기 전에는 1년 농사지어 작정한 도

1) 한창 막다른 때의 상황.
2) 큰 주석 아래 더 자세히 단 주석.
3) 질 나쁜 옷을 입고 싸구려 음식을 먹음.

지 실수 않고 물면 모자라나따나 아무 시비와 성가심 없이 내 것 삼아 놓고 먹을 수가 있었다.

징용도 전쟁이 나기 전에는 없던 풍도였었다.

마음 놓고 일을 하였고, 그것으로써 그만이었지, 달리는 근심 걱정 될 것이 없었다.

전쟁 사품에 생겨난 공출이니 징용이니 하는 것이 전쟁이 끝이 남으로써 없어진 다음에야 독립이 되기 전 일본 정치 밑에서도 남의 세토 얻어 도지 물고 나머지나 천신하는 가난뱅이 농투성이 에서 벗어날 것이 없을진대, 한갓 전쟁이 끝이 나서 공출과 징용 이 없어진 것이 다행일 따름이지, 독립이 되었다고 만세를 부르 며 날뛰고 할 흥이 한 생원으로는 나는 것이 없었다.

일인에게 빼앗겼던 나라를 도로 찾고, 그래서 우리도 다시 나라 가 있게 되었다는 이 잔주²⁾도, 역시 한 생원에게는 시쁘둥한 것이 었다. 한 생원은 나라를 도로 찾는다는 것은, 구한국 시절로 다시 돌아가는 것으로밖에는 달리는 생각할 수가 없었다.
한 생원네는 한 생원의 아버지의 부지런으로 장만한 열서 마지기 와 일곱 마지기의 두 자리 논이 있었다. 선대의 유업도 아니요, 공문서(空文書:무등기) 땅을 거저 주운 것도 아니요, 버젓이 값을 내고 산 것이었다. 하되 그 돈은 체계나 돈놀이(高利貸金業)로 모 은 돈이 아니요, 품삯 받아 푼푼히 모으고 악의악식³⁾하면서 모은 돈이었다. 피와 땀이 어린 땅이었다.

그 피땀 어린 논 두 자리에서, 열서 마지기를 한 생원네는 산지 겨우 5년 만에 고을 원[郡守]에게 빼앗겨 버렸다.

지금으로부터 50년 전, 갑오, 을미, 병신, 하는 병신년(丙申) 한 생원의 나이 스물한 살 적이었다.

그 안 해 을미년 늦은 가을에 김 아무[金某]라는 원이 동학란에 도망 뺀 원 대신으로 새로이 도임을 해 와서, 동학의 잔당을 비질하듯 잡아 죽였다.

피비린내 나는 살육이 이듬해 병신년 봄까지 계속되었고, 그러고 여름……. 인제는 다 지났거니 하여 겨우 안도를 한 참인데, 한태수(한 생원의 아버지)가 원두막에서 동헌으로 붙잡혀 가 옥에 갇히었다. 혐의는 동학에 가담하였다는 것이었다.

한태수는 전혀 동학에 가담한 일이 없었다. 그의 말대로 하면, 동학 근처에도 가 보지 아니한 사람이었다.

옥에 가두어 놓고는, 매일 끌어내다 실토를 하라고, 동류[1]의 성명을 불라고 주리를 틀면서 문초를 하였다. 육십이 넘은 늙은 정강이가 살이 으깨어지고 뼈가 아스러졌다.

나중 가서야 어찌 될 값에 당장의 아픔에 견디다 못하여 동학에 가담하였노라고 자복을 하였다. 입에서 나오는 대로 아는 사람의 이름을 불렀다.

불려온 일곱 사람이 잡혀 들어와 같은 문초를 받았다. 처음에는 들 내뻗었으나, 원체 아픔을 이기지 못하여 자복을 하였다.

1) 같은 무리.

남은 것은 처형을 하는 것뿐이었다.

하루는 이방이, 한태수의 아내와 아들(한 생원)을 조용히 불렀다.

이방은 모자더러, 좌우간 살려낼 도리를 하여야 하지 않느냐고 하였다.

모자는 엎드려 빌면서, 제발 이방님 덕택에 목숨만 살려지이다고 하였다.

"꼭 한 가지 모책이 있기는 있는데……. 그럼 내가 시키는 대로 할테냐?"

"불 속이라도 뛰어들어가겠습니다."

"논문서를 가져오느라. 사또께다 바쳐라."

"논문서를요?"

"아까우냐?"

"……"

"가장이나 애비의 목숨보다 논이 더 소중하냐?"

"그 땅이 다른 땅과도 달라서……."

"정히 그렇게 아깝거던 고만두는 것이고."

"논문서만 가져다 바치면, 정녕, 모면을 할까요?"

"아니 될 노릇을 시킬까?"

"그럼 이 길로 나가서 가지고 오겠습니다."

"밤에 조용히 내아(內衙:관사)로 오도록 하여라. 나도 와서 있을 테니. 그리고 네 논이 두 자리가 있겠다?"

"네."

"열서 마지기와 일곱 마지기."

"네."

"그 열서 마지기를 가지고 오느라."

"열서 마지기를요?"

"아까우냐?"

"……."

"아깝거들랑 고만두려무나."

"그걸 바치고 나면 소인네는 논 겨우 일곱 마지기를 가지고 수다한 권솔에 살아갈 방도가……."

"당장 가장이나 애비의 목숨은 어데로 갔던지?"

"……."

"땅이야 다시 장만도 할 수가 있는 것이 아니냐?"

모자는 서로 돌아보면서 말하였다.

"바칩시다."

"바치자."

사흘 만에 한태수는 놓여 나왔다. 다른 일곱 명도 이방이 각기 사이에 들어, 각기 얼마씩의 땅을 바치고 놓여 나왔다.

그 뒤 경술(庚戌)년에 일본이 조선을 합방하여 나라는 망하였다.

사람들이 나라 망한 것을 원통히 여길 때, 한 생원은,

"그깐 놈의 나라, 시언히 잘 망했지."

하였다.

한 생원 같은 사람으로는 나라란 백성에게 고통이지, 하나도 고마운 것이 아니었다. 또 꼭 있어야 할 요긴한 것도 아니었다.

그런 나라라는 것을 도로 찾았다고 하여 섬뻑 감격이 일지 아니한 것도 일변 의당한 노릇이라 할 것이었다.

논이야기

논 스무 마지기에서 열서 마지기를 빼앗기고 나니, 원통한 것도 원통한 것이지만, 앞으로 일이 딱하였다. 논이나 겨우 일곱 마지기를 가지고는 어림도 없었다.

하릴없이 남의 세토를 얻어 그 보충을 하여야 하였다. 그러나 남의 세토는 도지를 물어야 하는 것이라, 힘은 내 논을 지을 때와 마찬가지로 들면서도 가을에 가서 차지를 하기는 절반이 못 되는 것이었다. 그렇지만 그렇다고 남의 세토를 소작하지 아니할 수는 없었다.

이리하여 한 생원네는 나라 명색이 망하지 않고 내 나라로 있을 적부터 가난한 소작농이었다.

경술년 나라가 망하고, 36년 동안 일본의 다스림 밑에서도 같은 가난한 소작농이었다.

그리고 속담에 남의 불에 게 잡기로, 남의 덕에 나라를 도로 찾기는 하였다지만 한국 말년의 나라만을 여겨 그 나라가 오죽할 리 없고, 여전히 남의 세토나 지어 먹는 가난한 소작농이기는 일반일 것이라고 한 생원은 생각하던 것이었다.

일본이 항복을 하던 바로 전의 3, 4년에, 공출이야 징용이야 하면서 별안간 군색함과 불안이 생겼던 것이지, 그 밖에는 나라가 망하여 없어지고서 일본의 속국 백성으로 사는 것이, 경술년 이전 나라가 있어 가지고 조선 백성으로 살 적보다 별양 못할 것이 한 생원에게는 없었다. 여전히 남의 세토를 지어, 절반 이상이나 도지를 물고, 그 나머지를 천신하는 가난한 소작인이요, 순사나 일인이나 면서기들의 교만과 압박보다 못할 것도 없거니와 더할 것도 없었다.

독립이 된 이 앞으로도, 그것이 천지개벽이 아닌 이상, 가난한 농투성이가 느닷없이 부자장자 될 이치가 없는 것이요, 원·아전·토반이나 일본놈 대신에, 만만하고 가난한 농투성이를 핍박하는 '권세 있는 양반들'이 생겨날 것이요 할 것이매, 빼앗겼던 나라를 도로 찾아 다시금 조선 백성이 되었다는 것이 조금도 신통하거나 반가울 것이 없었다.

원과 토반과 아전이 있어, 토색질이나 하고 붙잡아다 때리기나 하고 교만이나 피우고 허되, 세미(稅米:납세)는 국가의 이름으로 꼬박꼬박 받아가면서 백성은 죽어야 모른 체를 하고 하는 나라의 백성으로도 살아 보았다.

천하 오랑캐, 애비와 자식이 맞담배질을 하고, 남매간에 혼인을 하고, 뱀을 먹고 하는 왜인들이, 저이가 주인이랍시고서 교만을 부리고, 순사와 헌병은 칼바람에 조선 사람을 개도야지 대접을

---

1) 뒷거래를 가리키는 일본말.
2) 집안일을 주장하여 맡아 봄.

120

하고, 공출을 내어라, 징용을 나가거라, 야미[1]를 하지 마라 하면서 볶아대고, 또 일본이 우리 나라다, 나는 일본 백성이다 이런 도무지 그럴 마음이 우러나지를 않는 억지 춘향이 노릇을 시키고 하는 나라의 백성으로도 살아 보았다.

결국 그러고 보니 나라라고 하는 것은 내 나라였건 남의 나라였건 있었댔자 백성에게 고통이나 주자는 것이지, 유익하고 고마울 것은 조금도 없는 물건이었다. 따라서 앞으로도 새 나라는 말고 더한 것이라도, 있어서 요긴할 것도, 없어서 아쉬울 일도 없을 것이었다.

2

신해(辛亥)년…… 경술합방 바로 이듬해였다. 한 생원은—때의 젊은 한덕문은—빼앗기고 남은 논 일곱 마지기를 불가불 팔아야 할 형편에 이르렀다.

7, 8명이나 되는 권솔인데, 내 논 일곱 마지기에다 남의 논이나 몇 마지기를 소작하여 가지고는 여간한 규모와 악의악식이 아니고서는 도저히 현상 유지를 하기가 어려웠다.

한덕문은 그 부친과는 달라 살림 규모가 없었다. 사람이 좀 허황하고 헤픈 편이었다.

부친 한태수가 죽고, 대신 당가산(當家産)[2]을 한 지 불과 5, 6년에 한덕문은 힘에 넘치는 빚을 졌다.

이 빚은 단순히 살림에 보태느라고만 진 빚은 아니었다.

한덕문은 허황하고 헤픈 값을 하느라고, 술과 노름을 쏠쏠히 좋아하였다.

1년 농사를 지어야 1년 가계가 번연히 모자라는데, 거기다 술을 먹고 노름을 하니, 늘어 가느니 빚밖에는 있을 것이 없었다.

빚은 갚아야 되었다.

팔 것이라고는 논 일곱 마지기 그것뿐이었다.

한덕문이 빚을 이리 틀어막고 저리 틀어막고, 오늘로 밀고 내일로 밀고 하여오던 끝에, 마침내는 더 꼼짝을 할 도리가 없어 논을 팔기로 작정을 대었을 무렵에, 그러자 용말(龍田) 사는 일본인 길천(吉川)이가 요사이 바싹 땅을 많이 사들인다는 소문이 들리었다. 그리고 값으로 말하여도, 썩 좋은 상답이면 한 마지기(2백 평)에 스무 냥으로 스물닷 냥(20냥 이상 25냥:4원 이상 5원)까지 내고, 아주 박토라도 열 냥(2원) 안짝은 없다고 하였다.

땅마지기나 가진 인근의 다른 농민들도 다들 그러하였지만, 한덕문은 귀가 반짝 뜨였다.

1) 바닥이 깊고 물길이 좋아 기름진 논.
2) 원문에는 '열 냥(2원)'으로 되어 있으나 전후 문맥상 '스무 냥(4원)'이 되어야 맞다. 작가의 착오인지 출판 과정상의 잘못인지는 분명치 않음.
3) 위에서와 같은 맥락에서 '열 냥' 대신에 '스무 냥'이라고 썼음.
4) 흙의 메마르고 기름진 성질.
5) 까닭, 필요.
6) 서로 떨어져 있음.

시세의 갑절이었다.

고래실논[1]으로, 개똥배미 상지상답이라야 한 마지기에 열 냥으로 열 두어 냥(2원 ~ 2원 4, 50전)이요, 땅 나쁜 것은 기지개 써야 닷 냥(1원)이었다.

''팔자!'

한덕문은 작정을 하였다.

일곱 마지기 논이 상지상답은 못 되어도 상답은 되니, 잘하면 스무 냥(4원)[2]은 받을 것. 스무 냥[3]이면 이 칠 십사 일백마흔 냥 (28원).

빚이 이럭저럭 한 50냥(10원) 되니, 그것을 갚고 나면 아흔 냥 (18원)이 남아. 아흔 냥을 가지고 도로 논을 장만해. 판 일곱 마지기만한 토리[4]의 논을 사더라도 아홉 마지기를 살 수가 있어.

결국 논 한번 팔고 사고 하는 노름에, 빚 50냥 거저 갚고도, 논은 두 마지기가 늘어 아홉 마지기가 생기는 판이 아니냐.

이런 어수룩한 노름을 아니하잘 며리[5]가 없는 것이었다.

양친은 이미 다 없은 때요, 한덕문 그가 대주(大主:호주)였으므로, 혼자서 일을 결단하여도 간섭을 받을 일은 없었다.

곡우(穀雨) 머리의 어느 날 한덕문은 맨발 짚신 풀상투에 삿갓 쓰고 곰방대 물고, 마을에서 10리 상거[6]의 용말 출입을 나갔다. 일인 길천이가 적실히 그렇게 후한 값으로 논을 사는지 진가를 알아보자 함이었다.

금강(錦江) 어구의 항구 군산(群山)에서 시작되어, 동북간방(東

논이야기

123

北間方)으로 임피읍(臨陂邑)을 지나 용말로 나온 한길이, 용말 동쪽 변두리에서 솜리(裡里)로 가는 길과 황등장터(黃登市)로 가는 길의 두 갈래 길로 갈리는, 그 샅에 가 전주집(全州집)이라는 주모가 업을 하고 있는 주막이 오도카니 홀로 놓여 있었다.

한덕문은 전주집과는 생소치 아니한 사이였다.

마당이자 바로 한길인, 그 마당 앞에 섰는 한 그루의 실버들이 한창 푸르른 전주집네 주막, 살진 봄볕이 드리운 마루에 나란히 걸터앉아 세상 물정 이야기, 피차간 살아가는 이야기, 훨씬 한담을 하던 끝에 한덕문이 지날 말처럼 넌지시 물었다.

"참, 저, 일인 길천이가 요새 땅을 많이 산다구?"

"많얼께 아니라, 그 녀석이 아마, 이 근처 일판을, 땅이라구 생긴 건 깡그리 쓸어 사자는 배폰가 봅디다!"

"헷소문은 아니루구면?"

"달리 큰 배포가 있던지, 그렇잖으면 그 녀석이 상성(發狂)을 했던지."

"?……"

"한 서방 으런두 속내 아는배, 이 근처 논이 물 걱정 가뭄 걱정 없구, 한 마지기에 넉 섬은 먹는 논이라야 열 냥(2원)이 상값 아니우? 그런 걸 글쎄, 녀석은 스무 냥, 스물댓 냥을 퍼 주구 사는구랴. 제마석(一斗落에 一石)두 못 먹는 자갈 바탕의 박토라두,

---

1) 깃의 높이가 4센티미터쯤 되게 하여, 목을 둘러 바싹 여미게 지은 양복.
2) 옛날, 총알을 재는 구멍이 여섯 개 있는 총을 일컬음.

124

논 명색이면 열 냥 안짝 잽히는 건 없구."

"허긴, 값이나 그렇게 월등히 많이 내야 일인한테 논을 팔지, 그렇잖구서야 누가."

"제엔장, 나두 진작에 논이나 시늉만 생긴 거라두 몇 섬지기 장만해 두었드라면, 이런 판에 큰 횡잴 했지."

"그래, 많이들 와 파나?"

"대가릴 싸구 덤벼든답디다. 한 서방 으런두 논 좀 파시구랴? 이런 때 안 팔구, 언제 팔우?"

"팔 논이 있나!"

이유와 조건의 어떠함을 물론하고 농민이 논을 판다는 것은 남의 앞에 심히 떳떳스럽지 못한 일이었다. 번연이 내일 모레면 다 알게 될 값이라도, 되도록 그런 기색을 숨기려고 드는 것이 통정이었다.

뚜벅뚜벅 말굽 소리가 나더니, 말 탄 길천이가 주막 앞을 지난다. 언제나 그러하듯이, 깜장 됫박모자(中山帽子)에, 깜장 복장(洋服:쓰메에리)[1]을 입고, 깜장 목 깊은 구두를 신고, 허리에는 육혈포[2]를 차고 하였다.

한덕문은 길에서 몇 차례 본 적이 있어 그가 길천인 줄을 안다.

"어디 갔다 와요?"

전주집이 웃으면서 아는 체를 하는 것을, 길천은 웃지도 않으면서,

"웅, 조기. 우리, 나쁜 사레미 자바리 갔소 왔소."

길천의 차인꾼이요 통역꾼이요 한 백남술이가 밧줄로 결박을 지은 촌 젊은 사람 하나를 앞참 세우고 뒤미처 나타났다.

죄수(?)는 상투가 풀어지고, 발기발기 찢긴 옷과 면상으로 피가 묻고 한 것으로 보아, 한바탕 늘씬 두들겨 맞은 것이 역력하였다.

"어디 갔다 오시우?"

전주집이 이번에는 백남술더러 인사로 묻는다.

백남술은 분연히,

"남의 돈 집어먹구 도망 댕기는 놈은 죽어 싸지."

하면서 죄수에게 잔뜩 눈을 흘긴다.

그러고 나서 전주집더러,

"댕겨오께시니, 닭이나 한 마리 잡구 해 놓게나. 놈을 붙잡느라구 한 승강 했더니 목이 컬컬허이."

그러느라고 잠깐 한눈을 파는 순간이었다. 죄수가 밧줄 한끝 붙잡힌 것을 획 뿌리치면서 몸을 날려 쏜살같이 오던 길로 내뺀다.

"엇!"

백남술이 병신처럼 놀라다 이내 죄수의 뒤를 쫓는다.

길천의 탄 말이 두 앞발을 번쩍 들어 머리를 돌리면서 땅을 차고 달린다. 그러면서 길천의 손에서 육혈포가 땅……. 풀씬 연기가 나면서 재우쳐 땅…….

1) 장에서 꾸는 돈의 이자.

죄수는 그러나 첫 한 방에 그대로 길바닥에 가 동그라진다. 같은 순간 버선발로 뛰어내려간 전주집이 에구머니 비명을 지른다.

죄수는 백남술에게 박승 한끝을 다시 붙잡혀 일어난다. 길천은 피스톨 사격의 명인(名人)은 아니었다.

일인에게 빚을 쓰는 것을 왜채(倭債)라고 하고, 이 젊은 친구는 왜채를 쓰고서 갚지 아니하고, 몸을 피해 다니다가 붙잡힌 사람이었다.

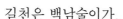

길천은 백남술이가,

'이 사람은 논이 몇 마지기가 있소.'

하고 조사 보고를 하면, 서슴지 아니하고 왜채를 주곤 한다. 이자도 항용 체계나 장변[1]보다 헐하였다.

빚을 주는 데는 무른 것 같아도, 받는 데는 무서웠다.

기한이 지나기를 기다려, 채무자를 제 집으로 데려다 감금을 하고, 사형(私刑)으로써 빚 채근을 하였다.

부형이나 처자가 돈을 가지고 와서 빚을 갚는 날까지 감금과 사형을 늦추지 아니하였다.

논문서를 가지고 오는 자리는 '우대'를 하였다. 이자를 탕감하고 본전만 쳐서 논으로 받는 것이었다. 논이 있는 사람은, 돈을 두어 두고도 즐거이 논으로 갚고 하였다.

한덕문은 다시 끌려가고 있는 죄수의 뒷모양을 우두커니 바라다보면서,

'제엔장, 양반 호랑이도 지질한데, 우환 중에 왜놈 호랑이까지

들어와서 이 등쌀이니, 갈수록 죽어나는 건 만만한 백성뿐이로구나.'

'쯧, 번연히 알면서 왜채를 쓰는 사람이 잘못이지, 누구를 원망하나.'

'참새가 방앗간을 거저 지날까. 이왕 외상술이라도 한잔 먹고 일어설까, 어떡헐까?'

이런 생각을 하고 앉았는 차에, 생각잖이, 외가편으로 아저씨뻘 되는 윤 첨지가 퍼뜩 거기에 당도하였다. 윤 첨지는 황등장터에서 제 논 섬지기나 지니고 탁신¹⁾히 사는 농민이었다.

아저씨 웬일이시냐고. 조카 잘 있었더냐고. 항용 하는 인사가 끝난 후에, 이 동네 사는 길천이라는 일인이 값을 후히 내고 땅을 사들인다는 소문이 있으니 적실하냐고 아까 한덕문이 전주집에게 묻던 말을 윤 첨지가 한덕문에게 물었다.

그렇단다는 한덕문의 대답에, 윤 첨지는 이윽히 생각을 하고 있더니 혼잣말같이,

"그럼 나두 이왕 궐(厥)한테다 팔아야 하겠군."

하다가 한덕문더러,

"황등이까지 가서두 살까? 예서 20리나 되는데."

하고 묻는다.

"글쎄요……. 건데 논은 어째 파실 영으루?"

1) 남에게 몸을 의탁함.
2) 이치에 가까움.

128

"허. 그거 온 참……. 저어 공주 한밭〔大田〕서 무안 목포(木浦)루 철로(鐵道)가 새루 나는데, 그것이 계룡산(鷄龍山) 앞을 지나 연산·팥거리〔連山·豆溪〕루 해서 논메·강경〔論山·江景〕으루 나와가지구, 황등장터를 지나게 된다네그려."

"그런데요?"

"그런데 철로가 난다 치면 그 10리 안짝은 논을 죄 버리게 된다는 거야."

"어째서요?"

"차가 댕기는 바람에 땅이 울려가지구 모를 심어두 뿌릴 제대루 잡지 못하구 해서, 벼가 자라질 못한다네그려?"

"무슨 그럴 리가……."

"건 조카가 속을 몰라 하는 소리지. 속을 몰라 하는 소린 것이, 나두 작년 정월에 공주 한밭엘 갔다, 그놈 차가 철로 위루 달리는 걸 구경했지만, 아 그 쇳덩이루 만든 집채더미 같은 시꺼먼 수레가 찻길 위루 벼락치듯 달리는데, 땅바닥이 사뭇 움죽움죽하드라니깐! 여승 지동〔地震〕이야……. 그러니, 땅이 그렇게 지동하듯 사철 들이 울리니, 근처 논의 모가 뿌리를 잡을 것이며, 자라기를 할 것인가?"

"……."

들고 보니 미상불 근리[2]한 말이었다.

"몰랐으면이어니와 알구두 그대루 있겠던가? 그래 좀 덜 받더래두 팔아넘길 영으루 하구 있는데, 소문을 들으니 길천이라는 손이 요새 값을 시세보담 갑절씩이나 내구 논을 산다데나그려.
정녕 그렇다면 철로 조간이 아니라두 팔아 가지구 딴 데루 가서
판 논 갑절 되는 논을 장만함직두 한 노릇인데, 항차……."

"철로가 그렇게 난다는 건 아주 적실한가요?"

"말끔 다 칙량을 하구, 말뚝을 박아 놓구 한걸……. 황등장터
그 일판은 그래, 논들을 못 팔아 난리가 났다니까."

3

일인 길천이에게 일곱 마지기 논을 일백마흔 냥(28원)에 판 것
과, 그 중 쉰 냥(10원)은 빚을 갚은 것, 이것까지는 한덕문의 예산
대로 되었다.

그러나 나머지 아흔 냥(18원)으로, 판 논 일곱 마지기보다 토리
가 못하지 아니한 논으로 두 마지기가 더한 아홉 마지기를 삼으
로써 빚 쉰 냥은 공으로 갚고, 그러고도 논이 두 마지기가 붙게
된다던 것은 완전히 허사가 되고 말았다.

아무도 한덕문에게 상답 한 마지기를 열 냥씩에 팔려는 사람은
없었다. 이왕 일인 길천이에게 팔면 그 갑절 스무 냥씩을 받는 고
로 말이었다.

1) 속은 비었어도 겉은 호화로움.

필경 돈 아흔 냥은 한덕문의 수중에서 한 반 년 동안 구르는 동안, 스실사실 다 없어지고 말았다.

이리하여 한덕문은 논 일곱 마지기로 겨우 빚 쉰 냥을 갚고는, 아무것도 남은 것이 없이 손 싹싹 털고 나선 셈이었다.

친구가 있어 한덕문을 책하면서 물었다.

"어떡허자구 논을 판단 말인가?"

"인제 두구 보게나."

"무얼 두구 보아?"

"일인들이 다 쫓겨가면, 그 땅 도로 내 것 되지 갈 데 있던가?"

"쫓겨갈 놈이 논을 사겠나?"

"저이놈들이 천지운수를 안다든가?"

"자네는 아나?"

"두구 보래두그래."

한덕문은 혼자 속으로는 아뿔싸, 논이라야 단지 그것뿐인 것을 팔고서, 인제는 송곳 꽂을 땅도 없으니 이 노릇을 어찌한단 말이냐고, 심히 후회하여 마지않았다.

그러면서도 남더러는 그렇게 배포 있게 장담을 탕탕 하였다.

한덕문은 장차에 일인들이 쫓겨 가리라는 것을 확언할 아무런 근거도 가진 것이 없었다. 따라서 자신도 없었다. 오직 그는 논을 판 명예롭지 못함과 어리석음을 싸기 위하여, 그런 희떠운[1] 소리를 한 것일 따름이었다.

한덕문이, 일인들이 다 쫓겨 가면 그 논이 도로 제 것이 될 터

논
이
야
기

131

이라서 논을 팔았다고 한다더라, 이 소문이 한 입 두 입 퍼지자, 듣는 사람마다 그의 희떠움을, 혹은 실없음을 웃었다.

하는 양을 보느라고 위정,

"자네 논 팔았다면서?"

한다 치면,

"팔았지."

"어째서?"

"돈이 좀 아쉬어서."

"돈이 아쉽다구 논을 팔구서 어떡허자구?"

"일인들이 다 쫓겨 가면 그 논 도루 내 것 되지 갈 데 있나?"

"일인들이 쫓겨 간다든가?"

"그럼 백 년 살까?"

또 누구는 수작을 바꾸어,

"일인들이 쫓겨 간다든가?"

한다 치면,

"그럼!"

"언제쯤 쫓겨 가는구?"

"건 쫓겨 가는 때 보아야 알지."

"에구 요 맹추야. 요 허풍선이야. 우리 나라 상감님을 쫓아 내구 저이가 왕 노릇을 하는데 쫓겨 가?"

"자넨 그럼 일인들이 안 쫓겨 가구, 영영 그대루 있으면 좋을 건 무언가?"

"좋기루 할 말이야 일러 무얼 하겠나만, 우리 좋구푼 대루 세상 일이 돼 준다던가?"

"그래두 인제 내 말을 일를 때가 오너니."

"괜히, 논 팔구섬 할 말 없거들랑, 구구루 잠자쿠 가만히나 있어요."

"체에. 내 논 내가 팔아먹는데, 죄될 일 있나?"

"걸 누가 죄라니?"

"길천이한테 논 팔아먹은 놈이 한덕문이 하나뿐인감?"

"누가 논 판 걸 나무래? 희떤 장담을 하니깐 그리는 거지."

"희떤 장담인지 아닌지 두구 보잔 말야."

일로부터 한덕문은 그 말로 인하여 마을과 인근에서 아주 호가 났고, 어느 겨를인지 그것이 한 속담까지 되었다.

가령 어떤 엉뚱한 계획을 세운다든지 허랑한 일을 시작하여 놓고서는, 천연스럽게 성공을 자신한다든지, 결과를 기다린다든지 하는 사람이 있다 치면,

"흥, 한덕문이 길천이게다 논 팔아먹던 대 났구나."
하고 비웃곤 하는 것이었다.

그 호, 그 속담은 35년을 두고 전하여 내려왔다. 전하여 내려올 뿐만이 아니었다.

일본 제국주의의 조선에 있어서의 지반이 해가 갈수록 완고한 것이 되어감을 따라, 더욱이 만주사변 때부터 시작하여 중일 전쟁을 거쳐 태평양 전쟁으로 일이 거창하게 벌어진 결과, 전쟁 수

단으로써 조선의 가치는 안으로 밖으로, 적극적으로 소극적으로, 나날이 더 커감을 좇아, 일본이 조선에다 박은 뿌리는 더욱 깊이 뻗어 들어가고, 가지와 잎은 더욱 무성하여서, 일본이 조선으로부터 물러간다는 것은 독립과 한 가지로 나날이 더 잠꼬대 같은 생각이던 것처럼 되어 버려감을 따라, 그래서 한덕문의 장담하던 '일인들이 다 쫓겨 가면…….' 이 말이, 해가 가고 날이 갈수록 속절없이 무색하여 감을 따라, 그와 반비례하여 그 말의 속담으로서의 가치와 효과만이 멸하지 않고 찬란히 빛을 내었다.

바로 8월 14일까지도 그러하였다. 8월 14일까지도,

"흥, 한덕문이 길천이한테 논 팔아먹던 대 났구나."

는 당당히 행세를 하였었다.

그랬던 것이, 8월 15일에 일본이 항복을 하고, 조선은 독립(실상은 우선 해방)이 되고 하였다. 그러고 며칠 아니하여 "일인들이 토지와 그 밖 온갖 재산을 죄다 그대로 내놓고 보따리 하나에 몸만 쫓겨가게 되었다."는 데까지 이르렀다.

한 생원(한덕문)의,

'일인들이 다 쫓겨 가면…….'

은 이리하여 부득불 빛이 환해지고 반대로,

'한덕문이 길천이한테 논 팔아먹던 대 났구나.'

는 그만 얼굴이 벌게서 납작하고 말 수밖에 없었다.

4

"여보슈 송 생원?"

한 생원의 허연 탑삭부리에 묻힌 쪼글쪼글한 얼굴이 위아래 다섯 대밖에 안 남은 누런 이빨과 함께 흐물흐물 자꾸만 웃어지는 웃음을 언제까지고 거두지 못하면서, 그러다 별안간 송 생원의 팔을 잡아 흔들면서 아주 긴하게,

"우리 독립 만세 한번 부르실까?"

"남 다아 부르구 난 댐에, 건 불러 무얼 하우?"

송 생원은 한 생원과 달라 길천이한테 팔아먹은 논도 없으려니와, 따라서 일인들이 쫓겨 가더라도 도로 찾을 논도 없었다.

"송 생원, 접때 마을에서 만세를 부를 제, 나가 부르셨던가?"

"난 그 날, 허리가 아파 꼼짝 못하구 누웠었는걸."

"나두 그 날 고만 못 불렀어."

"아따 못 불렀으면 못 불렀지, 늙은 것들이 만세 좀 아니 불렀기루 귀향살이 보내겠수?"

"난 그래두 좀 섭섭해 그랬지요……. 그럼 송 생원 우리 술 한잔 자실까?"

"술이나 한잔 사 주신다면."

"주막으로 나갑시다."

두 늙은이가 지팡이를 짚고 마을에 단 한 집밖에 없는 주막으로 나갔다.

135

"에구머니, 독립두 되구 볼 거야. 영감님들이 술을 다 자시러 오시구."

20년이나 여기서 주막을 하느라고, 인제는 중늙은이가 된 주모 판쇠네가, 손님을 환영이라기보다 다뿍 걱정스러한다.

"미리서 외상인 줄이나 알구, 술 좀 주게나."

한 생원이 그러면서 술청으로 들어가 앉는 것을, 송 생원도 따라 들어가 앉으면서 주모더러,

"외상 두둑히 드리게. 수가 나섰다네."

"독립되는 운덤에 어느 고을 원님이나 한 자리 해 가시는감?"

"원님을 걸 누가 성가시게, 흐흐……."

한 생원은 그러다 다시,

"거, 안주가 무어 좀 있나?"

"안주두 벤벤찮구 술두 막걸린 없구 소주뿐인 걸, 노인네들이 소주 잡숫구 어떡허시게."

"아따 오줌은 우리가 아니 싸리."

젊었을 적에는 동이술을 사양치 아니하던 영감들이었다. 그러나 둘이가 다 내일 모레가 칠십. 더구나 자주자주는 술을 입에 대지 않던 차에, 싱겁다고는 하지만 소주를 7, 8잔씩이나 하였으니, 과음일 수밖에 없었다.

송 생원은 그대로 술청에 쓰러져 과연 소변을 저리기까지 하였다.

한 생원은 송 생원보다는 아직 기운이 조금은 좋은 덕에, 정신

을 놓거나 몸을 가누지 못할 지경은 아니었다.

"우리 논을 좀 보러 가야지, 우리 논을. 서른다섯 해 만에, 우리 논을 보러 간단 말야, 흐흐흐."

비틀거리면서 한 생원은 술청으로부터 나온다.

주모 판쇠네가 성화가 나서,

"방으루 들어가 누셨다, 술 깨신 댐에 가세요. 노인네들 술 드렸다구 날 또 욕허게 됐구면."

"논 보러 가, 논. 길천이게다 판 우리 논. 흐흐흐. 서른다섯 해 만에 도루 찾은, 우리 일곱 마지기 논, 흐흐흐."

"글쎄 논은 이 댐에 보러 가시면 어디루 가요?"

"날, 희떤 소리 한다구들 웃었지. 미친놈이라구 웃었지, 들. 흐흐. 서른다섯 해 만에 내 말이 들어맞일 줄을 누가 알았어? 흐흐흐."

말은 혀 꼬부라진 소리로, 몸은 위태로이 비틀거리면서, 한 생원은 지팡이를 휘젓고 밖으로 나간다. 나가다 동네 젊은 사람과 마주쳤다.

"아, 한 생원 웬일이세요?"

"논 보러 간다, 논. 흐흐흐. 너두 이 녀석, 한덕문이 길천이한테 논 팔아먹던 대 났구나, 그런 소리 더러 했었지? 인제두 그런 소리가 나오까?"

"취하셨군요."

"나, 외상술 먹었지. 논 찾았은깐 또 팔아서 술값 갚으면 고만이지. 그럼 한 서른다섯 해 만에 또 내 것 되겠지, <u>흐흐흐</u>. 그렇지만 인전 안 팔지, 안 팔아. 우리 용길이놈 물려줘여지, 우리 용길이놈."

"참, 용길이 요새 있죠?"

"있지. 길천이한테 팔아먹었을까?"

"저, 읍내 사는 영남이가 산판(山坂)¹⁾ 하날 사서 벌목(伐木)을 하는데, 이 동네 사람들더러 와 남구 비어 주구, 그 대신 우죽[枝葉]²⁾ 가져가라구 하니, 용길이두 며칠 보내서 땔나무나 좀 장만하시죠."

"걸 누가……. 논을 도루 찾았는데."

"논만 찾으면 땔나문 없어두 사시나요?"

"논두 없어두 서른다섯 해나 살지 않았느냐?"

"허허 참. 그러지 마시구 며칠 보내세요. 어서서 다 비어버려야 할 텐데, 도무지 사람을 못 구해 그러니, 절더러 부디 그럭허두룩 서둘러 달라구, 영남이가 여간만 부탁을 해싸여죠. 아, 바루 동네서 가찹겠다, 져 나르기 수얼허구……. 요 위 가잿골 있는 길천농장 멧갓이래요."

"무어?"

한 생원은 별안간 정신이 번쩍 나면서 대어든다.

"가잿골 있는 길천농장 멧갓이라구?"

주

1) 나무를 함부로 베지 못하게 금한 산이나 땅. 메갓이라고도 함.
2) 나무나 대나무의 우두머리에 있는 가지.

138

"네."

"네라니? 그 멧갓이…… 가만안자, 아니, 그 멧갓이 뉘 멧갓이길래?"

"길천농장 멧갓 아녜요? 걸, 영남이가 일인들이 이번에 거들이나는 바람에 농장 산림 감독 하던 강 서방한테 샀대요."

"하, 이런 도적놈들. 이런 천하 불한당놈들. 그래, 지금두 벌목을 하구 있더냐?"

"오늘버틈 시작했다나 봐요."

"하, 이런 천하 날불한당놈들이."

한 생원은 천방지축으로 가잿골을 향하여 비틀걸음을 친다.

솔은 잘 자라지 않고, 개간하여 밭을 만들자 하니 힘이 부치고하여, 이름만 멧갓이지, 있으나마나 한 멧갓 한 자리가 있었다. 한 3천 평 될까 말까, 그다지 크지도 못한 것이었다.

이 멧갓을 한 생원은 길천이에게다 논을 팔던 이듬햇지 그 이듬햇지, 돈은 아쉽고 한 판에 또한 어수룩이 비싼 값으로 팔아넘겼었다.

길천은 그 멧갓에다 낙엽송을 심어, 30여 년이 지난 지금 와서는 아주 한다하는 산림이 되었었다.

늙은이의 총기요, 논을 도로 찾게 되었다는 것에만 정신이 팔려, 깜빡 멧갓 생각은 미처 아직 못하였던 모양이었다.

마침 전신주감의 쪽쪽 곧은 낙엽송이 총총들이 섰다. 베기에 아까워 보이는 나무였다.

한 서넛이나가 한편에서부터 깡그리 베어 눕히고, 일변 우죽을 치고 한다.

"이놈, 이 불한당놈들. 이 멧갓 벌목한다는 놈이 어떤 놈이냐?"

비틀거리면서 고함을 치고 쫓아오는 한 생원을, 사람들은 영문을 몰라 일하던 손을 멈추고 뻔히 바라다보고 섰다.

"이놈 너루구나?"

한 생원은 영남이라는 읍내 사람 벌목 주인 앞으로 달려들면서, 한대 갈길 듯이 지팡이를 둘러멘다.

명색이 읍사람이래서, 촌 농투성이에게 무단히 해거[1]를 당하면서 공수하거나 늙은이 대접을 하려고는 않는다.

"아니, 이 늙은이가 환장을 했나? 왜 그러는 거야 왜."

"이놈. 네가 왜, 이 멧갓을 손을 대느냐?"

"무슨 상관여?"

"어째 이놈아 상관이 없느냐?"

"뉘 멧갓이길래?"

"내 멧갓이다. 한덕문이 멧갓이다, 이놈아."

"허허, 내 별꼴 다 보니. 괜시리 술잔 든질렀거들랑, 고히 삭히진 아녀구서, 나이깨 먹은 것이, 왜 남 일하는 데 와서 이 행악야, 행악이. 늙은인 다리뼉다구 부러지지 말란 법 있나?"

"오냐. 이놈, 날 죽여라. 너구 나구 죽자."

1) 괴상하고 얄궂은 짓.

140

"대체 내력을 말을 해요. 무엇 때문에 이 야룐지, 내력을 말을 해요."

"이 멧갓이 그새까진 길천이 것이라두, 조선이 독립됐은깐 인전 내 것이란 말야, 이놈아."

"조선이 독립이 됐는데, 어째 길천이 멧갓이 한덕문이 것이 되는구?"

"길천인, 일인들은, 땅을 죄다 내놓구 간깐, 그전 임자가 도루 차지하는 게 옳지, 무슨 말이냐?"

"오오, 이녁이 이 멧갓을 전에 길천이한테다 팔았다?"

"그래서."

"그랬으니깐, 일인들이 땅을 다 내놓구 가니깐, 이녁은 팔았던 땅을 공짜루 도루 차지하겠다?"

"그래서."

"그 개 뭣 같은 소리 인전 엔간치 해 두구, 어서 없어져버려요. 난 뻐젓이 길천농장 산림 관리인 강태식이한테 시퍼런 돈 2천 환 주구서 계약서 받구 샀어요. 강태식인 길천이가 해 준 위임장 가지구 팔구. 돈 내구 산 사람이 임자지, 저 옛날 돈 받구 팔아먹은 사람이 임잘까?"

8 · 15 직후, 낡은 법이 없어지고 새로운 영이 서기 전, 혼란한 틈을 타서, 잇속에 눈이 밝은 무리들이 일본인 농장이나 회사의 관리자와 부동이 되어 가지고, 일인의 재산을 부당 처분하여 배를 불린 일이 허다하였다. 이 산판 사건도 그런 것의 하나였다.

그 뒤 훨씬 지나서.

일인의 재산을 조선 사람에게 판다, 이런 소문이 들렸다.

사실이라고 한다면 한 생원은 그 논 일곱 마지기를 돈을 내고 사지 않고서는 도로 차지할 수가 없을 판이었다.

물론 한 생원에게는 그런 재력이 없거니와, 도대체 전의 임자가 있는데, 그것을 아무나에게 판다는 것이 한 생원으로 보기에는 불합리한 처사였다.

한 생원은 분이 나서 두 주먹을 쥐고 구장[1]에게로 쫓아갔다.

"그래 일인들이 죄다 내놓구 가는 것을, 백성들더러 돈을 내구 사라구 마련을 했다면서?"

"아직 자세힌 모르겠어두, 아마 그렇게 되기가 쉬우리라구들 하드군요."

해방 후에 새로 난 구장의 대답이었다.

"그런 놈의 법이 어딨단 말인가? 그래, 누가 그렇게 마련을 했는구?"

"나라에서 그랬을 테죠."

"나라?"

"우리 조선 나라요."

1) 지난날 시·읍·면 등에 딸렸던 구의 장. 지금의 통장·이장에 해당함.

"나라가 다 무어 말라비틀어진 거야? 나라 명색이 내게 무얼 해 준 게 있길래, 이번엔 일인이 내놓구 가는 내 땅을 저이가 팔 아먹으려구 들어? 그게 나라야?"

"일인의 재산이 우리 조선 나라 재산이 되는 거야 당연한 일이 죠."

"당연?"

"그렇죠."

"흥, 가만 뒤두면 저절루, 백성의 것이 될 걸, 나라 명색은 가만 히 앉었다, 어디서 툭 튀어나와 가지구, 걸 뺏어서 팔아먹어? 그 따위 행사가 어딨다든가?"

"한 생원은, 그 논이랑 멧갓이랑 길천이한테 돈을 받구 파셨으 니깐 임자로 말하면 길천이지 한 생원인가요?"

"암만 팔았어두, 길천이가 내놓구 쫓겨갔은깐, 도루 내 것이 돼 야 옳지, 무슨 말야. 걸, 무슨 탁에 나라가 뺏을 영으루 들어?"

"한 생원한테 뺏는 게 아니라, 길천이한테 뺏는 거랍니다."

"흥, 둘러다 대긴 잘들 허이. 공동묘지 가 보게나. 핑계 없는 무 덤 있던가? 저 병신년에 원놈[郡守] 김가가 우리 논 열서 마지기 뺏을 제두 핑겔 다 있었드라네."

"좌우간, 아직 그렇게 지레 염럴 하실 게 아니라, 기대리구 있 느라면 나라에서 다 억울치 않두룩 처단을 하겠죠."

"일없네. 난 오늘버틈 도루 나라 없는 백성이네. 제길, 36년두 나라 없이 살아왔을려드냐. 아니 글쎄, 나라가 있으면 백성한테

143

무얼 좀 고마운 노릇을 해 주어야, 백성두 나라를 믿구, 나라에다 마음을 붙이구 살지. 독립이 됐다면서 고작 그래, 백성이 차지할 땅 뺏어서 팔아먹는 게 나라 명색야?"

그러고는 털고 일어서면서 혼잣말로,

"독립됐다구 했을 제, 내, 만세 안 부르기, 잘했지."

민족의 죄인

1

    그 동안까지는 단순히 나는 하여간에 죄인이거니 하여 면목 없는 마음, 반성하는 마음이 골똘할 뿐이더니 그 날 김(金)군의 P사에서 비로소 그 일을 당하고 나서부터는 일종의 자포적인 울분과 그리고 이 구차스런 내 몸뚱이를 도모지 어떻게 주체할 바를 모르겠는 불쾌감이 전면적으로 생각을 덮었다. 그러면서 보름 동안을 머리 싸고 누워 병 아닌 병을 앓았다.

2

항용 문필하는 사람의 마음 한가로움이라고 할까 누그러진 행

주 ─────────────────────────────

1) 함께 섞여 휩쓸림.
2) 성가시고 귀찮음.

146

습이라고 할까, 가까운 친구가 간여하고 있는 잡지사고 출판사고 하면 일이야 있으나마나 달리 소간이 긴급한 때 외에는 그 앞을 그대로 지나치지는 않게 되고 들어가 앉아서는 신문 잡지도 뒤척이고 많이 잡담하고 조금 문담(文談)하고 방담도 싫도록은 하고 하기에 세월을 잊고.

하는 것을 주인 편에서는 흔연히 맞이하여 주고 같이 섭슬려[1] 이야기하고 하되, 한결같이 폐로워하는[2] 법이 없고 출판사나 잡지사의 사무실은 문필하는 사람에게 이런 이를테면 동네 쇠물방처럼 임의롭고 무관함이 있어 김군이 주간하는 P사도 나의 그런 임의롭고 무관한 자리의 하나였다.

민족의 죄인

하루 거리엘 나가면 그래서 출판사나 잡지사를 몇 곳씩은 자연 들르게 되고, 그날도 남대문 밖까지 나갔다 집으로 돌아오는 길에 역시 별 볼일이 있던 것이 아니요 지날녘이고 해서 퍼뜩 P사를 들렀던 것인데, 무심코 들르느라고 들렀던 것인데…… 김군의 말마따나 일수가 매우 좋지 못했던 모양이었다.

점심나절부터 끄무릇까무릇하던 하늘이 정녕 보슬비라도 내릴 듯 자욱이 다 흐려 가지고 있는 4월 그믐의 저녁 무렵이었다.

남대문 거리의 잡답한 보도에서 가로수의 나붓나붓한 잎사귀가 거리의 잡답함과는 대조적으로 조용히 무엇인지를 숙명처럼 기다리는 듯싶은 그런 가벼운 침울이 흐르는 시간이었다.

김군의 P사는 바로 길 옆의 빌딩이었다.

비둘기장처럼 4층 꼭대기의 한 방에 들어 있는 빌딩의 마흔 몇 개나 되는 층계를 숨차하면서 올라가다 마침 맨머리로 내려오고 있는 김군과 마주 만났다.

"장차에 조선 출판계의 왕좌 될 꿈은 꾸면서 사무소가 이게 무어람? 사람이 숨이 차구 다리가 맥이 풀려."

인사 대신 이렇게 구박을 하는 것을 김군은 그 커다란 눈과 코와 입과 얼굴에다 한꺼번에 웃음을 흩트리면서,

"P사가 사무실이 가난한 것은 자네가 그 흔한 왜놈의 집 한 채 접술 못하구서 쓰러져 가는 셋집살일 하는 것허구 내력이 어슷비슷하니 피차 막설하구…… 그러잖어두 기대리던 참인데 잘 왔네. 내 이 아래층에 가서 전화 좀 걸구 오께시니 올라가세나."

P사에는 먼저 온 손이 있었다.

윤(尹)이라고 나이는 나보다 두어 살 아래나 일찍이는 세대를 같이한 사람이었다.

나는 윤과 인사를 하면서 그의 눈치가 먼저 보여졌다.

윤은 내가 어려워하는 사람 가운데 한 사람이었다.

윤과 나는 친구가 아니었다.

길에서 만나든지 하면 서로 한마디씩,

"안녕하십니까?"

"안녕하십니까?"

하고 마는 것이 고작이요, 그렇지 않으면 아무 소리 없이 모자만 들었다 놓는 시늉하면서 지나쳐 버리고 하는 그저 거기 어디 흔히 있는 '아는 사람'의 하나일 따름이었다.

나는 윤이라는 사람을 아는 것이 별로 많지 못하였다.

일찍이 일본 동경서 어느 사립대학의 정경과를 마쳤다는 것, 학업을 마치고 돌아와서는 고향에서 잠시 동안 신문 지국을 경영한 경력이 있다는 것, 중일 전쟁(中日戰爭)이 일기 전후 2, 3년은 서울 어느 신문사의 정치부 기자로 있으면서 논설도 쓰고 하였다는 것, 그리고 그가 잡지에 발표한 당시의 구라파 정세에 관한 정치 논문을 두 편인가 읽은 일이 있고, 그 문장과 구성이 생경하고 서투른 혐의는 없지 못하나 사상만은 대단히 진보적인 것을 엿볼 수가 있었고, 대강 이런 정도의 것이었다.

그 밖에 사람이 성질이 어떠하다든가 가정이나 주위 환경이 어떠하다든가 하는 것은 알지를 못하였고 알 기회도 없었다. 공적으로 혹은 사사로이 생활상의 교섭 같은 것도 물론 없었다.

이렇게 나는 윤에게 대하여 아는 것도 많지 못하고 친구로서의 사귐도 없고 하기는 하지만 꼭 한 가지 매우 중대한 것을 잘 안다는 것을 나는 스스로 인정치 않아서는 아니 되었다. 윤은 대일 협력(對日協力)을 하지 아니한 사람이라는 것이었다.

중일 전쟁이 일던 아마 그 이듬해부터인 듯싶었다. 잡지가 또는 신문의 기명 논설(記名論說)에서 윤의 이름은 씻은 듯 없어지고 말았다. 신문 기자의 직업도 버려 버리고 서울을 떠났는지 거리에서도 통히 볼 수가 없었다.

만일 윤이 무엇을 쓴다면 그의 전문에 좇아 정치와 시사에 관계된 것일 것이요, 정치와 시사에 관계된 것이면 반드시 세계 신질서 건설(世界新秩序建設)의 엉뚱한 명목으로 침략 전쟁을 일으킨 동서의 전체주의 파시즘을 합리화시킨 논문이 아니고는 용납을 못하였을 것이었다. 안으로는 내선일체를 승인하는 것이었어야 하고, 밖으로는 추축군의 승리와 미영의 몰락의 필연성을 예단하는 것이어야 할 것이었다.

또 신문 사원으로의 직업을 버리지 아니하였다면 신문이라는 대일 협력체(對日協力體)의 수족 노릇을 싫어도 하였어야만 할 것이었다.

윤은 그러나 일체로 붓을 멈추고 신문 사원의 직업도 버리고 함으로써 대일 협력의 조그만한 귀퉁이에도 참여를 하지 아니하였다. 아니한 것이 분명하였다. 이렇게 대일 협력을 하지 아니한, 그래서 지조가 깨끗한 윤에 대하여 많으나 적으나 대일 협력을 한 것이 있음으로 해서 민족 반역자 혹은 친일파의 대열(隊列)에 들어야 할 민족의 죄인인 나는 그에게 스스로 한 팔이 꺾이지 아니할 수가 없고, 따라서 그가 어려운 사람이 아닐 수가 없던 것이었다. 동시에 죄지은 사람의 약한 마음이라고 할까, 섬뻑 그를 만나자니 눈치가 먼저 보이지 아니할 수가 또한 없던 것이었다.

과연 내가,

"안녕하십니까?"

하는 인사에 같은 말로,

_____

1) 적의 공습이나 화재 따위에 의한 피해를 줄이기 위해 집중되어 있는 시설이나 사람을 분산시킴.

150

"안녕하십니까?"

하고 대답하는 윤의 말 억양과 표정에는 역력히 경멸하는 빛이 머금어 있었다.

한참은 있다 윤이 뒤척이던 신문축을 내려놓으면서 생각지 않게 붙임성 있게,

"오래간만입니다."

하여 나도 달가이,

"퍽 오래간만입니다."

하였다.

미상불 우리는 퍽 오래간만이었다. 중일 전쟁이 일던 그 이듬해 윤은 문필 행동을 정지하고 신문 기자의 직업을 버리고 하였을 뿐만 아니라 서울 거리에서 자취마저 사라지고 말았기 때문에 근 10년 만에 오늘 이 자리가 처음이었다.

윤이 그러나 인사상으로만 오래간만이라는 말을 한 것이 아닌 것은 그 다음 수작으로써 바로 드러났다.

"시굴루 소개(疏開)[1] 가셨드라구."

"네."

"호박이랑 옥수수랑 많이 수확하셨습디까?"

그의 독특한 시니컬한 입초리로 빙긋 웃기까지 하면서 하는 아주 노골적인 경멸과 조롱이었다. 생각하면 윤으로는 충분한 근거가 있는 경멸과 조롱이었다.

지나간(1945년) 4월에 나는 소개를 하여 고향으로 내려갔었다.

표면의 이유는 지방으로 소개를 하여 스스로 폭격을 피하며, 그리함으로써 소위 국토 방위에 소극적 협력을 하기 위한 이른바 당국의 방침에의 순응이었지만, 실상은 구실이요 소개를 빙자하여 도피행(逃避行)을 한 것이었다.

구라파에서 독일이 연합군의 육중한 공세를 바워내지[1] 못해 연방 뒷걸음질을 치다 어느덧 독 안의 쥐가 되었을 때는 동쪽에 있어서 일본의 패전도 거의 결정적의 것이 된 느낌이었다. 거기에는 물론 일본이 패하였으면 하는 희망적 예측이 다분히 가미되지 아니한 것은 아니었으나 아무튼 일본이 질 날이 머지 아니할 것으로 나는 생각하고 있었다.

일본의 패전 그 뒤에 오는 것은?

나는 8·15의 그런 편안한 해방을 우리가 횡재할 것은 전혀 생각지 못하였다. 일본이 눌러서 우리의 지배를 할 것이냐 혹은 새로운 지배자가 나설 것이냐, 또 혹은 우리가 요행 우리의 주인이 될·것이냐 이 판단은 막상 깜깜하였다. 그러나 오직 한 가지 일본이 패전을 하는 그 날 그 순간부터 그 동안까지의 치안과 사회 질서는 완전히 무능한 것이 되는 동시에 세상은 걷잡을 수 없는 혼란과 무질서의 구렁이 되고 말리라는 것 이것만은 확실한 것으로 나는 믿고 있었다. 하되 그것은 새로운 주권이 서고 새로운 질서가 생기는 그 기간까지는 제 마음껏 계속될 것이었다. 그 기간이

<hr>

주

1) 능히 견디거나 피함.
2) 일을 해 나가기가 힘들고 고됨.

152

라는 것이 한 달일는지 두 달, 석 달일는지, 반 년이나 1년일는지 그 이상 더 오랠는지 그것은 짐작을 할 수가 없으나―.

　일본이 패전을 하는 그 날 그 순간부터 치안과 질서가 무능한 것이 됨을 따라 칼 찬 순사와 기관총 가진 패잔 일병과 주먹심 있는 평민이 강도와 폭도질을 함부로 하고 일변 필연적인 사태로서 식량 부족으로 인한 대규모의 기근이 오고 하여 거리는 삽시간에 살육과 약탈, 능욕과 방화, 질병과 기아의 구렁으로 변하고 그 죽음과 공포의 거리에서 아무 구원의 능력도 주변도 없는 약비한 아비를 그래도 아비라고 떨면서 울고 매어달리는 나의 어린것들을 데리고 서서 속절없이 죽음을 기다리기나 할 따름일 나 자신의 그림자를 환상할 적마다 나는 등골이 서늘함을 금치 못하였다.

　대처[都市]가 그러한 데 비하여 고향은 차라리 안전하였다. 우선 당장은 각다분하겠지만[2] 일을 당한 마당에서는 역시 고향이 나을 터였다.

　누대 살아온 고향이요 일가친척이 여러 집이 있어 생소하지가 않았다.

　사람들이 다 아는 사람들이 되어 난세를 당하여 제일 두려운 '사람', 그 '사람'을 두려워 아니하겠으니 좋았다.

　박토나마 조금은 있으니 하다못해 감자 포기를 심어 먹어도 주려 죽기는 면할 수가 있으니 더욱 안심이었다.

　나는 드디어 고향으로 내려갈 결심을 하였다.

나는 나만 그럴 뿐이 아니라 몇몇 친지들더러도 그런 소견과 실
토정을 말하면서 반드시 서울에 머물러 있어야만 할 특별한 사정
이 없는 바엔 각기 고향으로 내려가기를 권하기까지 하였다.

민족 해방의 돌발적인 변화를 겪고 난 지금에 이르러 지금의 심
경을 가지고 그 때 당시의 나의 그러던 심경이나 행동을 곰곰이
객관을 하자면 지배자의 압력이 약해진 그 계제[1]에 떨치고 일어
나 해방의 투쟁을 꾀할 생각을 적극적으로 하는 것이 아니고서,
오직 저 일신의 안전을 도모하는 데까지밖에는 궁리가 뚫리지 못
한 것은 적실히 나의 약하고 용렬한 사람 됨됨이의 시킴이었음엔
틀림이 없었다. 그러나 나는 나 혼자만이 유독 그렇게 약하고 용
렬하였는지, 혹은 대체가 개인적이며 소극적이요 퇴영적이기가
쉬운 망국 민족의 본성의 소치였는지 그 분간은 혹시 모르되, 하
여간에 그처럼 약하고 용렬하였던 것이 사실이요, 겸하여 무가내
한 노릇이었다. 그렇다고 시방은 제법 굳세고 용맹스러워졌다는
자랑이냐 하면 물론 아니었다. 지금도 여전히 나는 약하고 용렬
한 지아비였다.

일본의 패전 그 다음에 오는 혼란과 무질서에 대한 불안과 공포
이것 말고서 그 이전에 또 한 가지의 절박한 위협이 있었다.

나는 서울 시내에서 동쪽으로 30리나 나간 경충가도(京忠街道)
의 한강 기슭 광나루(廣津)에 우거하고 있었다.

1) 일의 좋은 기회.

154

광나루는 서울 시내로부터 소개를 하여 나오는 곳이지, 그래서 소개령이 내리자 집값이 연방 오르던 곳이지, 이곳으로부터 다른 곳으로 소개를 가도록 마련인 곳은 아니었다. 이것만 하여도 나는 실상 소개를 간다고 나설 터무니없는 사람이었다.

B29가 처음으로 서울 하늘에 나타나던 날이었다.

이 날 나는 마침 시내에 들어가지 않고 집에 있다가 언덕의 솔숲을 거닐던 중에 공습 사이렌이 울었다.

산이라고 하기보다는 강가에 가 바투 오뚝이 솟은 조그만한 구릉이었다. 그 깎아지른 낭떠러지 바로 아래로는 시퍼런 강물이 바위를 스치고 흘러 흡사 평양의 청류벽을 연상함직한 곳이었다. 그뿐 아니라 강을 건너서는 편한 벌판이요, 벌판이 다한 곳에 먼 산이 암암히 그려져 있는 것일랑은 "대야동두점점산(大野東頭點點山)"이라고 읊어낸 그것과 많이 비슷한 것이 있었다.

꼭대기에는 당집이 있고 주위로 솔과 참나무가 울창하여 그늘이 짙었다. 잔디도 좋았다. 그런 그늘 아래 앉아서 장강을 굽어보고 먼 산을 바라보면서 혹은 잔디에 누워 창공을 올려다보면서 끝없는 시간을 지우기란 울적하고 삭막한 나의 생활 가운데 만만치 아니한 위안의 하나였다.

그 때 나는 마침 이조사(李朝史)를 읽다가 병자호란(丙子胡亂)의 대문에 이르렀던 참이라, 병자란 당시에 조선군이 국왕과 함께 최후의 농성을 하던 남한산성(南漢山城)이며, 그러다 국왕이 마침내 청병의 군문에 무릎을 꿇어 항복을 한 삼전도(三田渡)며,

155

그리고 양방의 수없는 장졸이 화살과 창끝에 고혼으로 스러진 풍남리의 토성(風南里土城)이며를 멀리 바라보기가 이 날따라 감개적이 깊은 것이 없지 못하였다.

그러한 흥폐의 모양을 보았으면서 못 본 체 이 날이 한결같이 유유히 흐르기만 하였으며, 앞으로도 얼마든지 되풀이할 세상과 인사의 변천을 보면서 그러나 못 본 체 몇천 년이고 몇만 년이고 유유히 흐르고만 있을 저 강 무심하다고 할까 부럽다고 할까……. 이런 생각에 잠겨 있는 참인데 그 몸서리가 치는 공습 사이렌이 별안간 울리던 것이었다.

나는 꿈에서 깨어난 것처럼 퍼뜩 정신이 들었다.

보나 마나 아내는 물통을 들고 쫓아나갔어야 했을 것. 어린것들이 걱정이 되어 집으로 달려갈 생각은 급하나 가던 중로에서 경방단 서방님네들한테 붙잡혀 부역을 하지 않으면 대피호로 끌려들어가기가 십상일 판이었다.

초조하다 보니 잠자리보다도 더 적게 비행기(B29) 한 대가 흰 가스로 꼬리를 길게 쌍으로 끌면서 유유히 까마득한 창공을 날고 있었다.

그 호젓하고 초연함이라니. 그 고요하고 점잖스럼이라니.

좋은 완상(琓賞)거리일지언정 그가 털끝만치도 적의(敵意)를 발산하는 것이 있다거나 항차 비행기의 폭격의 전주(前奏)인 바 야호로 강렬한 위협과 공포감 같은 것은 전혀 느낄 수가 없었다.

덕분에 마음을 가라앉히고 기다리는 동안 이윽고 공습 경보는 해제가 되었다.

　나는 일종 섭섭한 마음이면서 행길로 내려왔다. 그러자 군용 화물차 한 대가 기운차게 달려오더니 동네 한복판인 행길 가운데에 가 멈추어 서면서 경기관총을 가지고 잔뜩 긴장한 2, 30명의 길병이 차로부터 뛰어내렸다.

　공습 경보를 듣고 강 건너 송파(松坡)의 병영으로부터 이 광나루 지구를 경계하러 온 일대였다. 그러나 그 경계라는 것은 그들이 가지고 온 무기가 하다못해 고사기관총도 아니요, 보통 산병전에 쓰는 경기관총인 것과 그것을 동네 복판에다 맞추어 놓고서 대기를 하는 것으로 미루어, 적기를 쏘자는 것이 아니고서 폭격의 혼란을 틈타 폭동이라도 일으킬 염려가 있는 주민—조선 사람을 약차하면 쏘아대자는 것임은 말하지 않아도 번연하였다.

　나는 지휘하는 자를 비롯하여 병정들의 눈을 똑똑히 보았다. 곧 사람을 살상하여 마지않겠는 독기가 뻗쳐 나오는 눈들이었다. 나는 소름이 쪽쪽 끼쳤다.

　공습을 당하면서 적기를 쏠 방비를 하여 주기보다는 센징을 쏘아죽일 채비를 차리는 그들의 앙심과 살기를 머금은 그 눈 눈 눈……

　앞에(B29)의 폭격이 있다면 등 뒤에는 일병의 기관총 부리가 있는 그 기관총을 또한 피하기 위하여서도 나는 하루바삐 비교적 안전한 곳으로 자리를 옮겨 앉아야 하였다.

　나는 1945년 4월 마침내 집을 팔고—게딱지 같은 초가집이었으

157

나 설리[1] 장만한 집이었다―그것을 헐값으로 팔아넘기고 세간도 대부분 팔고서, 짐 가벼운 것만 꾸려가지고 고향으로 소개랍시고 하여 오고 말았다.

나에게는 그러나 일본의 패전 그 다음에 오는 것의 불안과 공포랄지, 눈에 살기를 머금은 일본 병정들의 등덜미를 겨누는 기관총 부리의 위협이랄지 이런 것 외에도 멀찍이 궁벽한 시골로 낙향을 하여야만 할 사정이 따로이 또 있는 것이 있었다.

1943년 2월 황해도로 강연을 간 것이 나로서는 아마 대일 협력의 첫걸음이라고도 할 만한 것이었다.

총독부와 총력 연맹이 설두를 하여 경향의 종교 · 사상 · 예술 · 언론 · 조고 · 교육 등 각계의 사람 2백여 명을 그러모아 전 조선 각 군(郡)의 면(面)으로 하여금 제각기 면 단위(面單位)로 열게 한 소위 미영격멸국민총궐기대회에 몇 개 면씩을 찢어 맡겨 보내어 전쟁 기세를 돋우는, 그 중에도 미영에 대한 적개심을 조발하는―강연을 하게 한 그 강사의 하나로 나도 뽑혔던 것이었다.

대일 협력도 첫걸음이려니와 사십 평생에 여러 사람을 모아 놓고 강연이라고 하는 것을 하여 본 적이 도대체 없었다.

일어가 서툴러 못 나가겠다고 하였더니 조선말도 무방하다고, 실상은 상대들이 시골 농민들인 만큼 '국어 상용'의 본의에는 어그러지나 조선말이 더 효과적일 것인즉 이번만은 되도록 조선말

1) '서러이'의 전남 방언.

로 하게 하기로 이미 방침을 세웠노라고 하였다.

생후에 한 번도 연단에 서 본 경험이 없어 강연이 하여질 것 같지 않다고 하였더니 경험은 없더라도 열(熱) 하나면 되는 것이라고, 생전에 한 번도 연단에 서 보지 아니한 사람이 이 기회에 분연히 일어서서 강연을 하게 되었다는 그 사실이 벌써 청중을 감격케 할 사실이 아니냐고, 그러니 너야말로 빠져서는 아니 될 사람이라고 하였다.

그러거나 말거나 누웠고 나아가지 아니하였으면 그만일 것이었다. 나중이야 앙화가 와 닿겠지만 그 당장은 새끼로 목을 얽어 끌어내지는 못하였을 것이었다. 그러나 나는 내 발로 걸어 나갔다. 영을 어기지 아니하여야만 미움을 받지 않고 일신이 안전하고 한 것을 알기 때문이었다.

개성서 살고 있을 때요, 태평양 전쟁이 일던 전전해인 1938년이었던 듯싶다.

3월 그믐인데 볼일로 서울에 왔다 3, 4일 만에 내려갔더니 가족들이 초상난 집처럼 근심에 싸여 있었다. 조금 전에 개성 경찰서의 형사 두 명이 와서 내가 거처하는 방을 수색을 하고 서신과 몇 가지의 원고와 잡지 얼러 몇 가지의 서적을 가져갔고, 그러면서 물어볼 말이 있으니 돌아오는 대로 곧 고등계로 오도록 이르라는 부탁을 하더라는 것이었다.

그러고 그 날 아침 ○○○군과 ×××군이 붙들려 갔다는 말을 하였다. ○○○군과 ×××군은 나한테 종종 다니던 이십 안팎의 문학청년들이었다.

신경이 과민한 정비례로 무식하고 그와 반비례로 일거리는 없어 상관 앞이 민망하고 한 시골 경찰의 고등계 형사들이 정히 무료하다 못하면 더러 그런 짓을 하는 행투를 짐작치 못하지 않는 터라 치안 유지법에 걸릴 아무 내력이 없는 것은 번연한 노릇이요, 하여 설마 어떠랴고쯤 심상히 여기고 선 길에 경찰서로 가 보았다.

보기만 하여도 마치 뱀을 쭈쩍[1] 만난 것처럼 섬찍한 것이 경찰서의 사람들이었다.

들어서기가 무엇인지 모를 무시무시한 것이 경찰서였다. 아무렇지도 않은 신고서 한 장을 들이러 가기에도, 들어서면 벌써 눈부라림과 호통과 따귀가 올라붙거니만 싶어 덮어놓고 공포증과 불안을 주는 것이 경찰서요, 그 곳의 사람들이었다.

그런지라 비록 치안 유지법에 걸릴 아무 내력이 없다고는 하여도, 그래서 심상히 여겼다고는 하여도 노상 태연한 마음일 수가 없었음은 물론이었다.

이윽히 기다리게 한 후에 일인 형사가―빼빼 야윈 몸과 얼굴과 눈과 심지어 수족에서까지 사나움이 졸졸 흐르는 자로, 얼굴만은 진작부터 앎이 있었다―그 자가 별실로 데리고 들어가더니 ○군과 ×군과 나와의 상종에 대한 것을 묻는 것이었다. 언제부터 어

1) 뜻하지 않게 갑자기 마주친 모양.

떤 반연으로 알았으며, 한 달이면 몇 번씩이나 찾아오며, 만나서 하는 이야기와 하는 일은 무엇이며 하냐고.

만나기는 한 반 년 전에 그들이 찾아와서 비로소 처음 만났고, 하는 이야기나 하는 일은 문학을 공부하는 초보에 관한 것으로 쓰는 공부는 어떻게 하며, 읽기는 어떠한 책을 읽어야 하며, 어떤 작가는 어떤 작품을 썼고, 어찌해서 그것이 좋은 작품인 것이며, 또 그들이 책을 읽다가 이해치 못하는 대문이 있어 가지고 와 묻는 것이 있으면 설명을 하여 주기도 하고 하노라고 말썽 아니될 범위에서 대답을 하였다.

민족의 죄인

"그것뿐인가?"

마지막 형사는 딱 어르면서 표독한 눈매로 눈을 부라렸다.

나는 속으로는 떨리나 태연히,

"대강 그렇습니다."

"더 생각해 봐."

"더 생각하나 마나 그렇습니다."

"정녕?"

"네."

"이 자식."

소리와 함께 따귀를 따악 거푸 따악 따악 따악 따악……

"꿇어앉어 이 자식아."

걸상으로부터 내려가 꿇어앉았다.

"바른 대로 대지 못해?"

"바른 대로 댔습니다."

"너 이번 지나 사변(支那事變)에 대해서 한 이야기두 있잖어?"

"지나 사변의 어떤 이야기 말입니까?"

"너 일본이 아무리 무력으루는 한때 지나를 정복을 한다더래두 결국은 가서 실패를 하구 만다구 그런 말을 했잖었어?"

"그건 일본을 두고 한 말이 아니라 한민족(漢民族)은 이상한 동화력(同化力)을 가진 민족이 되어 나서 그 동안 누차 변방 족속한테 무력 정복을 당했으면서도 그런 족속 정복자를 문화적으로, 사회적으로 동화·흡수를 하군 해서 어느 시간이 경과한 후에 가선 정복자요 지배자였던 변방 족속이, 피정복자요 피지배자였던 한민족한테 먹히어 버리고서 존재가 없어지고 존재가 없어지고 했느니라구, 단순히 역사적 사실을 이야기한 일밖에 없습니다."

"그러니깐 이번 지나 사변두 결국은 일본이 실패를 한다는 그 뜻으루다 한 소리가 아냐?"

"그렇게 억지루 가져다 댄다면 못 못 댈 것은 없지만서두 내 본의는⋯⋯."

"요 앙똥스런 자식 같으니로고. 네 따위가 어따 대구 고따위루⋯⋯. 이 자식아 대일본제국의 흥망이 달린 앞에서 너희 조선놈 몇 마리쯤 땅바닥으루 기는 버러지만치나 명색이 있을 줄 알아? 그런 것들이 어따 대구 감히 그런 발칙한 소릴."

이번에는 구둣발이 내 몸뚱이를 함부로 짓이긴다.

매는 미상불 아픈 것이었다.

"너 이 자식 좀 곯아봐."

인하여 나는 생후 두 번째로 유치장이라는 것을 들어가 보았다.

집어 처넣어 놓고는 달포를 아무 소리 없이 저의 말대로 곯리기만 하였다.

그 동안 ○군과 ×군과 그리고 또 한 사람 붙잡혀 들어와 있는 △군과 이 세 사람만은 가끔가다 하나씩 끌어내다가는 노글노글하게 매질을 하여 들여보내곤 하였다.

아무 소리도 없이 처박아두기만 하는 것은 당하는 사람으로는 무위한 유치장의 하루씩을 지우기의 답답하고 고통스러움과 일이 장차 어찌 되려는가의 불안 초조와 이런 것으로 하여 악형이야 당할 값이라도 차라리 자주 끌려나가기만 못한 노릇이었다.

정복자와 밑 그의 수족 노릇을 하는 일부 원주민으로 이루어진 지배자가 피정복자를 닦달함에 있어서 인간으로서 인간을 학대하기에 경찰서의 유치장 이상 가는 것은 아마도 없을 것이었다.

물통에다 냉수를 한 통씩 길어다 놓고 국자를 담가 놓고 그 물을 떠 간수들이 저희들의 차도 달여 먹고 죄인들이 물을 청하면 한 국자씩 떠 주고 하되 죄인들은 방방이 한 개씩 두어둔 양재기에다 물을 받아서 마시도록 마련이었다.

1전내기 투전을 하다 붙잡혀 들어온 촌 농부 하나가 있었다. 지극히 가벼운 죄인이요, 또 생김새도 어리숙하게 생긴 젊은 친구였다.

가벼운 죄인이면 감방으로부터 불러내어 유치장 바닥의 비질도

민족의 죄인

163

시키고 죄인들의 잔시중—물을 떠준다거나 휴지를 들여 준다거나 하는 심부름을 간수들 저네의 대신 시키기도 하였다.

1전내기 투전꾼은 유치장 바닥을 다 쓸고 나서 마침 목이 말랐든지 물통에서 국자로 물을 떠 벌컥벌컥 시원히 마시고 있었다.

그러자 별안간,

"고라. 이노무 자식이!"

하고 벽력같은 고함과 더불어 간수가 저의 자리로부터 쫓아 내려오더니 뺨을 치고 구둣발길로 걷어차고 하였다.

죄인은 국자를 놓치고 회삼물 바닥에 가 쓰러져 미처 다 못 삼킨 물과 볼이 터져 나오는 피를 함께 흘리면서 연방 아이구머니 소리만 질렀다.

간수는 죄인의 몸뚱이를 옆구리고 머리고 상관없이 퍽퍽 걷어지르기를 그치지 않았다. 그러면서 꾸짖는 것이었다. 국자에다 왜 더러운 주둥이를 대느냐고. '요보'[1]는 도야지보다 더 더러운 놈들이라고.

도야지보다 더 더러운지 어쩐지 그것은 막시 모르나 정복자란 것이 피정복자의 앞에서는 도야지만치도 명색이 없는 것만은 이 한 가지로 미루어서도 분명하였다.

나는 유치장에 들어가던 날의 첫번 식사인 저녁밥을 먹지 않았다. 흥분이 되어 식욕이 없는 것도 없는 것이었지만, 그다지 입이

1) 일본인이 한국인을 낮춰 부르던 말.

호강스럽지는 못한 나로서도 차마 그것을 밥이라고 입에 떠 넣을 뜻이 나지 아니하였다.

　찌그러지고 오그라지고 시꺼멓게 때꼽재기가 끼이고 한 양은 벤또에다 골싹하게 담은 밥이라는 것은 쌀 알갱이는 눈 씻고 잘 보아야 하나씩 둘씩 섞였을 뿐의 노오란 조밥이요, 찬이라는 것은 산에 가서 되는대로 그럴싸한 풀잎을 뜯어다 슬쩍 데쳐서 소금을 뿌려 주물럭주물럭한 두어 젓갈의 소위 산나물 한 가지로 하였다. 밥에는 그러나마 만주 좁쌀에 고유한 그 세모지고 얄따란 다갈색의 잔모래가 얼마든지 그대로 섞여 있고.

민족의 죄인

　내 밥이 젓갈도 대이지 않은 채 그냥 도로 나가게 된 것을 알자 옆에 있던 절도범이 혼잣말처럼,

　"그럼 내가 먹을까."

하고 슬며시 집어가더니 볼퉁이가 미어지도록 퍼 넣는 것이었다. 그것을 여남은이나 되는 동방(洞房)의 죄인 대부분이 너도나도 하고 덤벼들어 단 한 젓갈이라도 빼앗아 먹으려고 다투고 불뚝거리고 욕질을 하고, 거기에 밥에 대한 인간의 동물적인 싸움이 잠시 동안 벌어지고 있었다.

　이튿날도 나는 온종일 먹지 아니하였다.

　두툼한 솜바지 저고리에다 솜버선에다 차입한 담요까지 지니고 지내고 사식(私食)을 차입받아 먹고 하는 사기죄인—그가 이 5호 방에서는 제일 고참으로 열여섯 달째 되는 사람이었다. 그가 점심때에는 나더러 간수한테 말을 하면 사식을 들여 주니 이따 저

녁부터라도 받아 먹도록 하라고 권고하였다.

나는 글쎄…… 하고 애매히 대답하고 말았다. 나는 한 끼에 1원 50전씩 하루에 4원 50전이나 드는 사식을 들여 먹을 형편이 되질 못했다.

저녁 역시 나는 관식 벤또를 동방엣 사람들에게 그대로 내주었다.

사기 죄인이 저의 사식에서 부연 쌀밥을 절반이나 덜고 굴비랑 군고기랑 곁들여 내 앞으로 밀어 놓으면서,

"이거라두 좀 자시우. 보아허니 그렇게 함부로 지나든 아녀시든 분네 같은데, 그렇다구 사뭇 저렇게 굶기로만 들어서야 쓰겠수."

하고 권을 하는 것이었다.

미상불 나는 현기증이 나도록 시장하였다.

보드라운 흰 밥과 맛있는 반찬에 어금니에서 신 침이 흐르고 회가 동하였다. 그러나 나는 세 번 네 번 권하여서야 겨우 두어 젓갈 밥을 뜨는 시늉을 하고 말았다.

사식은 들여 먹을 터수[1]가 못 되면서 입만 가져 가지고 관식을 먹지 않고 앉아서 남이 덜어 주는 사식 덩이를 멀쩡히 얻어먹다니 염치가 아니요, 양반 거지의 주접이었지 갈데없는 짓이었다.

"그래두 자셔야지 별수 없습넨다. 노형두 지금은 첨이라 다 심

1) 살림살이의 형편이나 정도.

사두 편안치 않구 해서 그렇겠지만서두 인제 두구 보시우. 배고
픈 걱정 외에 더 걱정이 없을 테니. 어서 나가구픈 생각 집안일
죄다 잊어버리구 거저 먹을 것 생각밖엔 나는 게 없는걸."

사기 죄인은 말을 하였다.

나는 설마 그러랴 하였으나 이레가 못 가서 그의 말이 옳았음을
나는 깨닫지 아니치 못하였다.

민족의 죄인

쌀 알갱이라야 눈 씻고 보아야 하나씩 둘씩 섞였을 뿐의, 불면
알알이 다 날아갈 듯 퍼슬퍼슬한 노란 조밥, 씹으면 모래와 흙이
지금지금하는 그 알뜰한 조밥과 쓰디쓴 산나물이 아니면 시꺼멓
게 썩은 세 조각의 짠무 조각 반찬이 어떡허면 그렇게도 입에 회
회 감기고 맛이 나는지 35년의 반생을 두고 나는 일찍이 그런 맛
있는 밥을 먹어본 적이라고는 없었다.

납작한 양은 벤또에다 골싹하니 푼 그 밥이 아무리 양이 적은
나에겔망정 양에 찰 이치가 없었다.

가에 붙은 좁쌀 한 알갱이까지 깨끗이 다 씻어 먹고 나쁜 젓갈
을 놓으면 젓갈을 놓으면서 바로 배가 고프고 다음 끼니가 기다
려졌다.

아침 7시면 밥 구루마가 떨걱거리면서 온다.

아침을 먹고 나서는 12시 점심이 올 때까지 간수가 앉은 등 뒤
에 걸린 시계를 백 번도 더 내다보면서 떨걱기리는 밥 구루마 소
리를 기다린다.

가까스로 점심을 먹고 나서는 이내 또 백 번도 더 시계를 내다

보면서 6시 저녁을 기다린다.

이렇게 오직 밥을 기다리기를 일삼으면서 하루하루를 지우곤 하든 것이었다.

내가 나를 생각하여도 천박하기 짝이 없었다. 하루 종일 먹을 것만 탐하는 도야지나 다름이 없을 성싶었다.

모처럼의 기회는 기회겠다. 가만히 앉아서 정신을 집중시켜 사색 같은 것이라도 하염직한 것이 아니냐고 스스로를 책망은 하여보나 첫째는 본래가 그런 유유스런 성격이 되질 못하였고 겸하여 형(刑)이 결정된 감옥의 죄수가 아니어놓아서 도저히 안존할 수가 없었다.

아무튼 조금은 자제력(自制力)이 있다고 할 내가 그러할 제 여느 잡범(雜犯)들이야 말할 나위가 없었다.

누가 밥을 남기든지 통째로 안 먹는 것이 있든지 하면 서로들 먹으려고 다투는 양이란 차마 보기에 민망한 것이 있었다.

규칙이 남는 밥은 도로 내보내되 아무도 함부로 먹지 못하도록 마련이었고, 그래서 그 규칙을 범하였다 발각이 나면 죽을 매를 맞고라야 말았다. 그러므로 남는 밥은 몰래 먹어야 하였고 큰 모험이 아닐 수 없었다. 하건만 그들은 감히 모험하기를 주저치 아니하였다.

제3호 방에 밥 하나가 더 들어간 것이 드러났다.

4월이라지만 유치장의 감방은 겨울 진배없이 추웠다. 간수는 제3호 방에다 밥 하나를 더 먹은 벌로 물을 세 통이나 끼얹었다.

그리고 밥을 노나 먹은 네 사람은 창살 밖으로 손목을 묶어 매달아 놓고 한나절이나 격검채로 두들겨 팼다.

해방 후의 경찰서와 그 유치장의 범절이 어떠한지는 막시 모르나, 일본식 경찰은 피의자(被疑者)에서부터 이렇게 잔학하고 동물적인 대우를 하였다.

저네의 소위 '도야지울'에서 과연 도야지의 대우를 받으면서 나 자신 역시 도야지 이상이질 못하는 채 한 달을 무료히 썩혔고 한 달 만에 비로소 취조실로 불려 나갔다.

그 몸과 얼굴과 눈과 심지어 수족까지 사나움이 질질 흐르는 일인 형사였다.

"독서회를 조직한 사실을 ○○○이가 자백을 했는데, 너는 그래도 모른다고 버틸 테냐?"

형사는 쩡쩡 울리는 목소리로 이렇게 다잡았다.

"독서회를 조직했다구요?"

나는 섬뻑 무어라고 대답할 말이 없어 뚜렛거리다 반문하였다.

"그래, 자백을 했어."

"나는 없습니다."

사실로 없었다.

모르면 몰라도 ○군이 매에 부대끼다 못해 허위의 자백을 하였거나 그렇지 않으면 그들의 상투 수단인 넘겨짚기일 것이었다.

이 날의 문초에서 나는 그들이 무엇을 꾀하고 있는가를 비로소 알아챘다.

여기에 좀 반지빨라[1] 보이는 녀석이 있어 그 주위에 역시 주의거리의 젊은 아이놈들이 모여 문학을 공부한답시고서 책도 나눠 읽고 의견도 교환하고 시국에 대하여 방자스런 방담을 더러 하는 모양이어……. 이만한 건덕지면 혹시 잘만 날뛰면 독서회쯤 사건 하나를 뚜드려 만들 수가 있을는지도 모르는 것이었다. 마치 대장장이의 마치가 뚜드리는 곳에 아무것도 아니던 녹슨 헌 쇳덩이가 뼈젓이 도끼며 식칼이 되어 나오듯이 저 전라북도 경찰부가 뚜드려 만든 카프 사건도 그런 솜씨의 요술이었을 것이었다.

한 열흘 후에 나는 두 번째 끌려나갔다. 그 동안 ○군은,

"독서회 일건은 절대 부인하시오. 그들은 저더러 선생님이 벌써 자백을 하였다고 하지만 저는 믿지 않습니다. 일기책을 뺏겼는데 거기에 더러 선생님한테 불리한 것을 쓴 것이 있어서 저는 그것만이 걱정입니다."

하는 쪽지를 연필로 감방 휴지에 적어 보낸 것을 받았고, 그것으로 나의 추측이 한편치가 틀리지 않았음을 알았다.

이번에는 그는 일인 형사의 짝패인, 머리통이 엄청나게 크고 짧은 다리로 여덟팔자 걸음을 아기작아기작 걷는 김(金)가라는 조선 형사였다. 사납고 가혹하기로 개성 일판에서 이름이 난 형사였다.

1) 말이나 행동 따위가 어수룩한 맛이 없이 얄미울 정도로 민첩하고 약삭빠름.
2) 가령.

170

그런 김가가 뜻밖에 부드러운 얼굴로 공대하는 말까지 쓰면서 문초를 하였다.

"그 왜 고집을 부리구 생고생을 하슈?"

"고집이 아니라 없는 사실을 부르라니 어떡헙니까."

"독서회라는 이름은 짓지 않었드래두 독서회의 행동을 했으면 사건은 성립이 되게 마련인 법인 줄 알면서 그러슈?"

"무얼 독서회의 행동을 한 것이 있어야지요?"

"가사[2] 또 사건은 성립이 아니 된다구 치더래두 당신이 시방 미움을 받구 있는 것만은 사실인데 미움을 주기루 들면 한정이 없는 걸 모르슈? 1년이구 이태 3년이구 처가둬 두구서 곯리면 곯았지 별수 있나?"

고문보다도 또는 감옥으로 가서 징역을 살기보다도 가장 두려운 악형은 민두름히 그대로 경찰서 유치장에다 가두어 두고 생으로 사람을 썩히는 것이었다.

사상 관계자로 붙잡혀 들어갔다 이렇다 할 사건도 없는 사람이면서 몇 해씩을 현재 그렇게 생으로 썩고 있는 사람이 전 조선의 경찰서 유치장을 턴다면 얼마든지 나올 수 있는 사실이었다.

또 사상 관계자만이 아니요, 멀리 다른 곳에 실례를 찾을 것이 없이 당장 내가 갇혀 있는 한 방에도 사기 횡령으로 몰리어 붙잡혀 들어와 가지고 1년과 넉 달이 되는 사람이 있지 않은가.

나는 무쇠의 탈을 쓰지 아니한 '무쇠탈'을 연상하고 속으로 전율하였다.

민족의 죄인

171

김가는 짐짓 부드러운 얼굴과 공손한 말로써 회유를 하는 한편 무형의 '무쇠탈'로써 은근히 위협을 하자는 심담인 모양이었다.

　　나는 없는 죄를 자백하고 가서 징역을 사느냐 경찰서 유치장에서 장차 얼마일지를 모를 세월을 썩느냐 두 가지 중에서 하나를 택하여야 하였다.

　　이 때에 나를 구원하여 준 것이 생각지도 아니한 한 장의 엽서였다.

　　다시 열 며칠인가 지나서였다.

　　일인 형사가 끌어내 가더니 어인 셈인지 빈들빈들 웃으면서,

　　"나가구푼가?"

하고 물었다.

　　나는 섬뻑 무어라고 대답을 못하고 눈치만 보았고 했더니 재차,

　　"나가구퍼?"

　　그제야 나도,

　　"있구퍼서 있나요?"

　　"음······."

　　그리고는 한참이나 내 얼굴을 여새겨보고 나서,

　　"조선문인협회라구 하는 것이 있나?"

　　"있습니다."

　　"무엇 하는 단첸구?"

　　"조선 사람 문인들이 모여서 문학으로 나랏일을 도웁자는 것입니다."

"어떤 반연으로 생긴 단첸가?"

"총독부와 민간의 유력한 내지인들이 서둘러 주었습니다."

"회원은 전부 센징이겠지?"

"찬조 회원이나 명예 회원은 내지인이 많습니다."

"조선문인협회에서 북지 방면으로 황군 위문대를 파견한다 구?"

민족의 죄인

"그렇습니다."

"이것이 그 통첩인가?"

그러면서 한 장의 엽서 편지를 내어놓았다.

문인협회로부터 북지 방면으로 황군 위문대를 회원 중에서 파 견하고자 하는데 그 구체적 협의회를 아무 날 아무 곳에서 열겠 으니 참석하라는 엽서가 지난번 서울을 가기 조금 전에 온 것이 있었다. 바로 그 엽서였다. 나중 놓여 나가서 알았지만 내가 놓여 나가던 10여 일 전에 두 번째 와서 수색을 하였고, 그 때에 잡지 틈바구니에가 끼였다 떨어지는 이 엽서를 가져가더라고 집안사람 이 말하였다.

"거기 보면 3월 28일인가 위문대 파견하는 협의회를 열겠다고 했는데 참석했는가?"

"했습니다. 실상 지난번에 서울 간 것도 그 때문이었습니다."

"어떤 결정을 했는가?"

"회원 중에서 명망이 있는 사람으로 몇 사람을 뽑아 파견하기 로 했습니다."

"누구누구가 뽑혔는가?"

"그것은 전형 위원에서 맡아 하기로 했습니다."

"비용은?"

"당국의 보조로 쓰기로 했습니다."

"음……."

자는 이윽고 얼굴과 음성을 준절히 하여 가지고,

"이번 사건이 그대들은 암만 그렇게 부인을 해도 증거가 역력히 있고 하니깐 성립을 시키자면 충분히 시킬 수가 있단 말야 응?"

"네."

"그렇지만 첫째는 고의로 그런 것이 아니라 무의식중에 그렇게 된 모양 같고 또 일변 조사를 한 결과 그대는 조선문인협회의 회원으로 대단히 열심히 있는 사람이 판명이 되었고 해서 이번 일은 특별히 용서를 하는 것이니 응?"

"네."

나는 실상 서울에 가 있었으면서도 그 협의회에는 참석을 아니하였다. 회의 경과도 그래서 노상에서 우연히 ○○○를 만나서 이야기로 들었을 따름이었다.

또 형사는 조사를 해 본 결과 어쩌고 하였지만 내가 그 뒤에 서울로 가서 알아본 것에는 개성 경찰서로부터 문인협회서 나에게 대한 신분의 조회 같은 것은 온 것이 전혀 없었던 모양이었다.

"또 다른 세 사람은 나이알라 아직들 어리고 한데 전과자의 신

174

분을 가져서는 정상이 가긍할 뿐 아니라 장차 나라를 위해 일을
할 때에도 상처가 될 것이요, 해서 십분 용서를 하는 것이니 응?"

"네."

"이훌랑 각별히 주의를 하고 더욱더욱 나랏일에 충성을 해야
해."

"네."

"이 다음 만일 무슨 불미한 일이 있으면 그 때는 일호 용서 없
다?"

"네."

돈의 힘으로 경찰서를 쥐락펴락하고 형사나 순사 나부랭이를
하인 부리듯 하는 개성 제일 갑부의 젊은 자제가 나의 가형과 친
구의 청을 받고 그 두 형사를 불러 술을 먹이는 길에 이 껏지 같
은 자식들아 할 일이 없거든 발바닥이나 긁고 앉았지 그 사람이
무슨 죄가 있다고 때려 가두어 놓고는 지랄들이냐고 시퍼렇게 지
청구를 해 주더라는 소식을 놓여 나와서 들었다.

그것이 보람이 있기도 하였겠지만 결정적인 것은 역시 문인협
회의 한 장 엽서였던 듯싶었다.

문인협회에 대한 대답 가운데 요긴한 것은 임시로 그 자리에서
나에게 유리하도록 꾸며 댄 대문이 많았으나 아무튼 대일 협력이
라는 주권(株券)의 이윤(利潤)이 어떠하다는 것을 실지로 배운 것
이 이 개성 사건이었다.

나중 가서야 어찌 되었든 우선 당장은 나아가지 않더라도 새끼

로 목을 얽어 끌어내지는 아니할 것이며 누워서 배길 수가 없잖아 있는 소위 미영격멸국민총궐기대회의 강연을 피하려 않고서 내 발로 걸어 나갔던 것은 그처럼 대일 협력의 이윤이 어떠하다는 것을 안 것이 있었기 때문이었다.

많은 수효의 영리한 사람들이 저의 이익과 안전을 도모하기 위하여 진심으로 일본 사람을 따랐다.

역시 적지 아니한 수효의 사람이 핍박을 받을 용기가 없어 일본 사람에게 복종을 하였다.

복종이 싫고 용기가 있는 사람은 외국으로 달리어 민족 해방의 투쟁을 하였다. 더 용맹한 사람들은 외국으로 망명도 않고 지하로 숨어 다니면서 꾸준히 투쟁을 하였다.

용맹하지도 못한 동시에 영리하지도 못한 나는 결국 본심도 아니면서 겉으로 복종이나 하는 용렬하고 나약한 지아비의 부류에 들고 만 것이었다.

3

눈이 쌓이고, 한창 추운 2월 초생이었다.

송화군(松禾郡)에서 맡은 곳을 다 마치고 마지막 풍천읍(豊川邑)에서의 길이었다.

강연을 마치고 나니, 다음 예정지로 가는 버스가 두 시간 후에 떠나는 것이 있었다.

　주인 편의 여러 사람과 점심을 먹고 있는데, 밖에서 손님이 찾는다는 전갈이 들어왔다.

　이 고장에 알 사람이라고는 없는데 하고 의아하면서 나가보았더니, 초면의 두 청년이었다. 하나는 건장하고, 하나는 그와 정반대로 얼굴이 병적으로 창백하고 몸이 파리한 대조적인 두 사람이었다.

　나는 그들이 모르는 사람인 것을 발견하는 순간 가슴이 더럭하였다. 그러나 한편으로는 반가웠다.

　그 동안 다섯 차례를 강연을 하였는데, 청중 가운데 밀끔밀끔하니 땟물이 벗고, 표정이 다부진 청년들이 한 패씩 들어와 있지 않은 자리가 없었건만, 내가 강연이랍시고 맨 멀쩡한 소리를 지껄이고 섰어도, 단 한 번인들,

　"개수작 집어치워라."

하고 고함치는 사람이 있는 것을 보지 못하였다.

　항차, 밤 같은 때 사처로 달려들어 몰매질을 하고 하는 따위는 싹도 볼 수가 없었다.

　안전과 무사가 물론 다행치 아니한 것은 아니었다. 그러나 젊은 사람들까지가 이다지도 기운이 죽었는가 하면 적막하고 슬펐다.

　그러던 차이라, 미지의 젊은 사람네의 찾음을 만나니, 가슴 더럭한 것과는 따로이, 여기는 그래도 기개 있는 젊은이가 있는 것이나 아닌가, 노백린(盧伯麟) 씨의 생지가 그래도 다른가 보다 싶

어, 그래 반가운 생각이 들던 것이었다.

그러나 나는 그들이 너무도 적의가 없어 보이고, 말이랑이 공손한 것이며, 또 몰매질을 하러 온 것으로는 단둘이라는 것이 과히 단출한 것이며에, 이내 도로 안심과 실망을 함께 느꼈다.

건장한 편이 노(盧)군, 창백하고 파리한 편이 이(李)군이었다.

수인사가 끝난 후, 노군이 물었다.

"선생님, 언제 떠나시죠?"

"이따, 오후 버스로 떠나기루 했습니다."

나의 대답에 둘이는 문득 절망을 하면서, 다시 노군이,

"웬만하시면 낼 아침 버스로 떠나시게 하시구서, 오늘 저녁 저희들허구 좀 만나 주셨으면……."

"예정이 있어놔서 그럽니다."

둘이는 서로 보면서 못내 섭섭하여하다가, 이군이 이번엔 묻는다.

"정 그러시다면, 단 한 시간이나 30분이라두. 여기서 점심이 끝나시는 대루 저희허구 좀."

"그럭허십시오."

주먹이 나올지 팥죽이 나올지 그것은 나중 보아야 할 일이요, 나는 나로서 지방의 젊은이들이 이 판국에 바야흐로 무엇을 생각하며 무엇을 바라며 하는지를 아는 것도 일종의 의무처럼 생색

주

1) '서로'의 힘줌 말.
2) 배치하여 설비함.

178

있는 일이었다.

첩경 그러기가 쉽듯이, 점심 자리가 술자리로 벌어지는 것을 속히 속히 끝내게 하느라고 하기는 하였지만, 워낙 시간의 여유가 많지 못했던 소치로, 젊은이들이 기다리는 자리는 가 앉았다 그대로 일어서야 할 만큼 시간은 촉박하였다.

사과와 과실과 차를 준비하여 놓은 자리에, 노군과 이군 외에 한 또래의 청년이 두어 사람과, 하나는 음악을, 하나는 문학을 각기 좋아한다는 소녀도 둘이 와서 있었다.

다시 초면 인사를 하고, 둘러앉아서 한 잔씩의 차를 마시기가 바쁘게 버스는 떠날 시간이 되었다.

노군과 이군이 서로가람,[1] 내일 아침에 떠나도록 하고, 하룻밤 자기들과 이야기를 하여 주어 달라고, 지방에서는 선배들을 항상 그리워하는데 모처럼 기회를 그냥 놓치기가 여간 섭섭지 않다고 간곡히 만류를 하였다.

나는 그 날 풍천읍을 떠나 송화 온천까지 가, 거기서 장연(長淵)으로부터 나를 맞으러 오는 사람과 만나, 다음 날 장연으로 가서, 준비를 하여 가지고 그 다음 날부터 강연을 하기로 다 배비[2]가 되어 있었다. 그러나 나는 장연 편과 연락에 어긋이 나고, 가사 그래서 장연에서의 예정에 상치가 생기는 한이 있다더라도 이 젊은이들의 만류를 뿌리치고 일어설 수는 없었다.

밤에는 열둘인가로 사람이 더 불었다.

이십으로부터 이십사, 이십오 세까지의, 대개는 중등 이상의 학력을 가진 모두가 준수한 젊은이들이었다.

한 청년이 말하였다.

"우리는 시방 앞날이 깜깜합니다. 자꾸만 비관이 됩니다. 어떻게 하면 좋을지 모르겠어요."

나는 단박에 대답이 막혔다. 그야 대답을 하기로 들면, 시원히 하여 줄 말이 없는 것은 아니었다. 그러나 이 10여 명 이상이나 모인 사람들이, 그 사람들은 막상 다 미더운 사람들이라고 하더라도, 내가 이 자리에서 한 말이 한 집 건너고 두 입 건너, 필경엔 경찰의 귀에까지 들어가지 말란 법이 없다는 것을 어떻게 보장할 것인고. 명색이 선배라고, 믿고서 그들은 진심엣 호소를 하던 것이었다. 모인 전부가 낮에 강연회에도 와서 들었다고 한다. 그러니, 낮에 강연회에서 지껄인 소리는 본의가 아니고 할 수 없이 그런 것이요, 진심은 그렇지 않거니 이렇게 나를 믿고서 자기네도 진심을 토로함이 있었다.

소문이 퍼질까 저어하여, 경찰의 형벌이 두려워, 이 나를 믿고서 와 안기어 고민을 호소하는 젊은이들의 진심에 대하여, 한가지로 진심이지 못하는 나의 비겁함 그 용렬스러움.

나는 나 자신이 야속하고 또한 슬펐다.

"너무 범위가 막연한데…… 가령 어떤 방면으로 말이지요?"

나는 아무려나 우선 이렇게 반문을 하였다.

"여기 모인 우린 태반이, 징병이나 학병으로 끌려 나가야 할 사람입니다. 끌려 나가서 개죽음을 해야 합니까?"

180

나는 등에 찬물을 끼얹는 것 같았다.

여럿은 먹기를 멈추고, 긴장하여 나의 대답을 기다렸다.

"우리가 앞으로 살아나가는데, 일본 사람과 똑같은 권리를 주장하자면, 피도 좀 흘려야 아니할까요? 피를 흘리면 흘린 피의 대가를 요구할 권리가 생기지 아니합니까?"

"네…… 그렇지만……."

그는 불만한 눈치였다.

그 불만이어 하는 것이, 만족하여 하느니보다 얼마나 다행스러운지 몰랐다.

이어서 다른 사람이 말을 하였다.

"도무지 차별 대우가 아니꼬워서 못 견디겠어요."

"차별 대우를 받지 않도록 우리두 실력을 가져야 하겠지요. 문화적으로나 경제적으로나, 그 사람네보다 떨어지지 않는 수준에 도달해야 하겠지요. 우리 전체가 노력을 해서, 그만한 실력을 가지는 다음에야 언감히 우리를 하시하겠습니까?"

"같은 학교를 같은 해에 일본 아이는 꼴찌루, 조선 사람은 첫찌루 졸업을 했는데, 한날 한시에 들어간 회사에서 월급이 우선 다르지요. 일본 아이는 조금 있으면 승차를 하는데, 조선 사람은 만날 그 자리지요. 실력두 별수가 없잖아요?"

"개인으로는 우리가 일본 사람보다 나을 사람이 있다지만, 전체로야 어디 그렇습니까? 우리 전체가 일본 사람 전체보다 나은, 적어도 같은 수준에 이르도록 실력을 가져야 하고, 그 때를 기다

민족의 죄인

181

려야 하겠지요."

이 실력론이나 먼저의 피의 대가의 주장론, 친일파 가운데에서도 제 소위 진보적이라고 하고, 내선일체주의자라는 이름으로 불리는, 극단파에서 하는 주장이었다. 그러기 때문에 그들은, 친일파는 친일파이면서도 총독부와 군부의 미움과 주목을 받는 패들이었다.

나는 목마른 젊은이들이 바라는 한 그릇의 시원한 냉수를 주는 대신, 그런 친일파의 괴설을 빌려, 결국 한 숟갈의 쓰디쓴 소태를 주고 만 셈이었다.

뼈다귀가 부러지거나 골병이 들도록 늘신 몰매를 맞느니보다도 더 아픈 마음을 안고 사관으로 돌아가 누웠다.

잠을 이루지 못해하는데 이군이 혼자 찾아왔다.

"사람을, 이 사람 저 사람 너무 여럿을 오게 해서, 선생님 퍽 거북하셨을 줄 압니다. 그러나 사람들은 다 안심할 수 있는 사람들입니다."

이군은 두 무릎을 단정히 꿇고 앉아서, 사과 겸 변명을 한 후에,

"어떡하면 좋겠습니까, 선생님?"

하고 침통히 묻는 것이었다. 징병이며 학병에 대한 것이었다.

나는 서슴지 않고 대답하였다.

"되도록 나가지 말라고 권하고 싶습니다, 무슨 수단을 써서든지."

"……."

말없이 나를 보는 이군의 그 창백한 얼굴은 빛났다. 눈에는 눈물이 고였다. 고인 눈물이 인하여 넘치어 흘렀다.

나도 눈가가 뜨거웠다.

"이왕 한마디 부탁이 있소이다. 꿋꿋한 정신을 길르구 지켜 주십시오. 강한 자에게 굽혀 목전의 구차한 안전을 도모하는 타협 생활보다, 핍박을 받을지언정 굽히지 않고 도리어 그와 싸워 물리치겠다는 꿋꿋한 정신을 길르구 이겨 주십시오. 우리가 과거 수천 년래 대륙 민족의 압제를 받은 것이나, 오늘날 일본의 종 노릇을 하게 된 것이나, 우리를 침해하고 우리를 억누르는 외적과 마주 싸워내는 꿋꿋한 정신이 모자랐기 때문입니다. 강한 자에게 굽히고 아첨하여 구차한 일시일시의 안전만을 도모하는 타협주의 이것이 우리 민족성의 큰 결함입니다. 오늘의 우리의 불행은 이 민족성의 결함에서 온 것이요, 그 결함을 고치지 않는 이상 우리는 민족적으로 멸망을 당하거나, 내일도 오늘처럼 영원히 불행할 것입니다. 시방 우리한테, 특별히 젊은이들한테 절절하게 필요한 것은, 굴치 않고 싸워내는 꿋꿋한 정신입니다. 그렇지만 그것도 한 사람 한 사람이 따로따로이만 꿋꿋했자 아무 소용도 닿지 않습니다. 여럿이 모이는 데서 비로소 힘이 생기는 것입니다."

"……."

이군은 머리를 수긋하고 듣고만 있었다.

나는 음성을 고치어 그 다음 말을 하였다.

민족의 죄인

183

"그러나, 조심하십시오. 첫째, 서로 친하다는 것과, 믿고서 속을 줄 수 있는 사람이라는 것과는 다른 것입니다. 둘째, 혈기를 삼가시오. 혈기는 경솔과 상거가 항상 가차운 것이니까요."

"……"

"그리고 또 한 가지 내 소견을 말하라면, 시방 이 야만된 폭력주의가 아무래두 인류 역사의 노말한 현상은 아닐 것입니다. 정녕 한때의 변조 같습니다. 과히 암담해하거나 실망들은 할라 마십시오. 수히 정상 상태로 돌아갈 날이 올 듯두 합니다."

"고맙습니다, 선생님. 하신 말씀 명심하겠습니다. 믿겠습니다."

이군은 고개를 들고, 아직도 흐르는 눈물을 주먹으로 씻으면서 목멘 소리로 숨 가쁘게 그러던 것이었다.

이 밤에 나는 조금은 속이 후련하고 짐이 덜리는 것 같았다. 그러나 계속하여 뭇사람을 모아놓고, 미국 영국은 나쁜 놈들이요, 일본이 옳고, 전쟁은 시방이 한 고패요, 조선 사람들은 어서 바삐 증산을 하고 저축을 많이 하고 하여, 이 전쟁을 일본의 승리로써 빨리 끝내도록 협력해야 한다는 강연을 하고 다니는 사람—보기 싫은 양서동물(兩棲動物)이 아니 되지 못하였다.

그 뒤 1944년 5월에는, 작가 다섯 사람과, 화가 다섯 사람을 추려 소설가 하나에다 화가 하나를 껴 다섯 패를 만들어 가지고, 전

1) 소설 · 희곡 따위의 전체를 간추린 대강의 줄거리.
2) 글을 지어 주고 돈을 받음. 또는 글을 팔아서 생활하는 일.
3) 더할 수 없이 가난함.

라남도 목포의 목조 조선소(木造造船所), 강원도 영월 무연 탄광, 평안북도 강계의 무수 알코올〔無水酒精〕 공장, 같은 평안북도 용천의 불이 농장, 역시 평안북도 양시의 알루미늄 공장 이 다섯 곳 생산 현장으로 그 한 패씩을 파견하는 한 패에 뽑히어, 나는 양시의 알루미늄 공장으로 갔다. 할 일이라는 것은, 가서 한 일 주일가량씩 묵으면서 생산 현장의 실지 견문을 얻어 가지고 돌아와, 화가는 증산하는 그림을, 소설가는 증산 소설을 각각 쓰는 것이요, 주최와 발안은 총력연맹 문화과였다.

　나는 다녀와서, 2백 자 스무 장인가를 써 내놓았고, 일어로 번역을 누구에겐지 맡겨서 시킨다고 하더니, 그대로 우물쭈물 발표는 되지 않았다.

　다시 그 해 가을에는 강원도 김화(金化)로, 전년의 황해도 적과 비슷한 강연을 갔었다.

　이보다 조금 앞서 매일신보에다 연재 소설을 쓰기 시작한 것이 있었다.

　검열이, 신문사의 편집자를 시켜 작자에게 다짐을 요구하였다. 반드시 시국적인 소설이어야 할 것과, 소설의 경개[1]를 미리 제출할 것과, 그 경개대로 충실히 써 나갈 것 등속의 다짐이었다.

　유일한 생화(生貨)가 그 때나 지금이나 매문(賣文)[2]이요, 매문을 아니하고는 2합 2작의 배급쌀조차 팔 길이 없는 철빈[3]……. 요구대로 다짐을 두고, 쓰기를 시작하였다.

　쓰면서 가끔 배신(背信)을 하다가, 두어 차례나 불려 들어가 검열관—퇴직 순검한테 꾸지람도 듣고, 문학 강의도 듣고 하였다. 잘하나 못하나 20년 소설을 썼다는 자가 늙마에 와서 순검한테 문학 강의의 일석을 듣고…….

그러나 일변 생각하면, 받아 싼 욕이었다.

바이런인지는 자다가 아침에 깨어보니 제가 그렇게 유명해져 있더라고 하였다지만, 나는 하루아침 잠이 깨어 수렁〔無底沼〕 가운데에 들어서 있는 나 자신을 발견하였다. 한정 없이 술술 자꾸만 미끄러져 들어가는 대일 협력자라는 수렁.

정강이까지는 벌써 미끄러져 들어가 있었다. 그러나 시방이라면 빠져 나올 수 없는 것도 아니었다.

만일 이 때에 빠져 나오지 않는다면, 정강이에서 그 다음 넓적다리로, 넓적다리에서 배꼽으로, 배꼽에서 가슴패기로, 모가지로 이마로, 그러고는 영영 풍당…… 하고 마는 것이었다.

몸의 터럭이 있는 대로 죄다 곤두설 노릇이었다.

서울서 떠나 궁벽한 시골로 가 있기만 한다면, 강연 같은 것을 하라고 불러내는 '곶감'의 미끼에 반겨 응하고 나설 기회가 태반 봉쇄될 것이었다.

시골로 가서 있으면, 한 가락의 호미가 보리밥의 반량이나마 채워 주어 창녀(娼女) 못지않은 그 매문질은 아니할 수가 있을 것이었다.

일본의 패전, 그 다음에 오는 것의 불안과 공포랄지, 눈에 살기를 머금은 일본 병정들의 등덜미를 겨누는 기관총 부리의 위협이

랄지, 이런 것 외에도, 멀찍이 궁벽한 시골로 낙향을 하여야만 할
또 한 가지의 다른 사정이란, 곧 이 대일 협력의 수렁으로부터의
도피행 그것이었다.

그러고, 그렇게 하였다.

그러나 결코 용감히 뿌리치고서 일어서고 하였던 배는 아니었
다. 역시 나답게 용렬스런, 가만한 도피행일 따름이었다.

새삼스럽게 무슨 지조(志操)가 우러나는 것이 있었음도 아니었
다. 후일에 혹시 문죄(問罪)라도 당하는 날이 있을까 보아, 그 날
에 벌을 가볍게 하자는 계책인 것도 아니었다.

지금까지의 행적을 사는 고장을 옮김으로써 남에게 숨기기라도
하자는 것은 더욱이 아니었다. 그런 점으로는 차라리 객지인 광
나루가 더 유리하였다.

오직 그 대일 협력이라는 사실에서 풍기어 나오는 악취, 그것이
못 견디게 불쾌하였고, 목전에 그것을 면하고 싶은 지극히 당면
적인 간단한 욕망으로서일 뿐이었다.

아무리 정강이께서 도피하여 나왔다고 하더라도, 한번 살에 묻
은 대일 협력의 불결한 진흙은 나의 두 다리에 신겨진 불멸의 고
무 장화였다.

씻어도 깎아도 지워지지 않는 영원한 '죄의 표지'였다. 창녀가
가정으로 돌아왔다고 그의 생리(生理)가 숫처녀로 환원되어지는
법은 절대로 없듯이.

또 정강이께서 미리 도피를 하여 나왔다고, 배꼽이나 가슴패기

187

까지 찾던 이보다 자랑스럴 것도 없는 것이었다. 가사 발목께서 도피를 하여 나오고 말았다고 하더라도 대일 협력이라는 불결한 진흙이 살에 가 묻었기는 일반인 것이었다. 그러므로 정강이까지 들어갔으나 발목까지만 들어갔으나 훨씬 가슴패기까지 들어갔으나 죄상의 양에 다소는 있을지언정, 죄의 표지에 농담(濃淡)이 유난히 두드러질 것은 없는 것이었다.

4

소개랍시고 고향으로 내려오기는 하였으나 막막하기 다시없었다.

4월이면 여느 때에도 춘궁이니 보릿고개니 하여 넘기가 어려운 고패인데, 지나간 해가 연사[1]가 좋지 못하였다. 그런데다 거두지도 못한 벼를 공출로 닥닥 긁어갔었다.

그러고는 명색이 배급입네 환원미입네 하고, 한 달이면 한 집에 쌀 한두 되에다 썩은 강냉이 몇 되씩을 약 주듯이 주고 있었다.

백성들은 태반이 하루 한때 풀잎죽으로 아사(餓死)를 면할락 말락 하면서 누렇게들 떠가지고, 춘경(春耕)이 돌아왔건만 파종

1) 농형. 농사가 되어 가는 형편.
2) 여러 사람이 힘을 합하여 일을 함. 또는 그런 힘.
3) 기장과 조.

할 기운을 내지 못하고 있었다. 우환 중에 보리가 흉년이었다. 백성들은 장차 10월까지 이 봄과 여름을 살아나갈 방도가 막연했다. 나의 고향 집에는 팔십 넘은 노모와 육십의 장형 내외가 있었다. 거기에다 나에게 딸린 가솔이 넷.

이 여덟 식구를 나는 내가 책임을 져야만 하였다.

쌀은 사기도 어려웠거니와, 내가 뭉뚱그려가지고 내려간 3천 원의 돈으로 쌀을 사서 먹자면, 한 달을 지탱할까 말까 한 것이었다. 그러나마 나는 그 돈 3천 원으로 농자(農資)를 삼아 금년 농사를 지어야 하였다. 붓을 꺾어 버린 이상, 서울서처럼 원고료의 수입은 전혀 없을 터였다. 죽으나 사나 농사 한 가지에다 생도(生途)를 의탁하는밖에 없고, 그리하자면 그 돈 3천 원을 당장 아쉽다고 먹어 없애는 수는 없었다. 나는 하릴없이 팔십 넘은 노모를 그림자 보이는 나물죽을 드렸다.

배탈이 난 네 살배기 어린놈을, 썩은 배급 강냉이밥을 먹였다.

논〔水田〕 농사는 숙련된 기술과 나로서는 감당치 못할 울력[2]이 드는 것이라 부득이 비싼 삯꾼을 사 대어야만 하였지만, 밭농사는 아내와 함께 둘이서 하기로 하였다.

가을에 논의 신곡이 날 때까지 보태어 먹을 것으로, 서속[3]도 심고 감자도 심었다. 밭벼〔陸稻〕도 심었다. 채마도 가꾸었다.

그런 중에도 제일 빨리, 제일 손쉽게 먹을 수 있는 것으로 강냉이와 호박을 구석구석이 돌아가면서 많이 심어 놓았다.

아내나 나나 일찍이 하여 보지 못한 노릇이라 대단히 힘에 겨웠다. 일쑤 코피를 쏟았다. 가끔 몸살이 나 앓기도 하였다.

몸 고단한 것보다도 더 어려운 것은 시장이었다.

조반은 뜨는 둥 마는 둥, 점심은 없는 날이 많았다. 4, 5월 기나
긴 해를 허리띠 졸라매어 가면서 땅을 파고 풀을 뽑고 하노라면,
석양 때에는 깜박 현기증이 나곤 하였다.

그렇지만 편안히 있다 굶어 죽느냐, 밭고랑에 쓰러져 가면서라
도 심고 가꾸어 먹고 살아나느냐 하는 단판 씨름인지라, 괴로움
을 상관할 계제가 아니었다.

5월로 들어 일이 조금 너끈한 틈을 타 서울 걸음을 하였다. 짐
을 꾸리어 남의 집에다 맡겨 둔 채, 내려오지 못한 것을 가 운송
편으로 띄우고자 함이었다.

매일신보에 들렀더니, 사회부원이 마침 잘 만났다면서 소개를
가서 지나는 형편을 말하라고 하였다.

무엇보다도 식량 사정이 핍절하노라고, 내 손으로 강냉이를 3,
4백 포기, 호박을 5, 60포기 심어 놓고, 그것이 자라서 열매가 열
어서 익어서 마침내 시장한 배를 채워 줄 날을 침 삼키며 기대면
서, 일심으로 매가꾸노라고 이런 의미의 대답을 하였다.

그 다음 날 지면엔 '소개의 변(疏開의 辯)' 제2회째던가로, 나
의 사진과 함께 내가 소개를 가 붓을 드는 여가에 괭이를 들고 땅
을 파며 강냉이를 3, 4백 포기나, 호박을 5, 60포기나 심고 하여,

────────────────────

1) 침을 뱉으며 꾸짖는다는 뜻으로 아주 더럽게 여기며 욕함.

190

시국하 식량 증산 운동에 크게 이바지를 하는 동시에, 농민들에게도 모범을 보이고 있다는 요령의 기사가 잘 씌었다. 고마웠다. 그것으로 징용도 면하고, 주재소의 주목 대신 '존경'도 받고 하였다. 윤의 그,

"호박이랑 옥수수랑 많이 수확하겠습디까?"

하고, 빙긋 웃기까지 하면서 하던 노골한 경멸과 조롱은, 이 매일신보의 기사 '소개의 변'에다 두고 한 것이었다.

그러므로 그것은,

"이놈아, 이 민족 반역자야."

타매(唾罵)[1]와도 다름이 없는 것이었다.

5

주인 김군이 돌아왔다.

그는, 출판을 하자면 선전 소용으로도 부득불 잡지를 조그맣게나마 하나 가져야 하겠다는 것과, 그 첫 호를 쉬이 내고자 하니 누구보다도 자네들 두 사람이 편집 방침으로든지, 원고로든지, 적극적으로 도와 주어야 하겠다는 것을 간단히 이야기한 후에, 나더러 먼저,

"우선 자넬랑은 소설을 한 편 짤막하구두 썩 이쁘장스런 걸루 다 한 편. 기한은 2주일 안으로……. 이건 '명령적 성질을 가진'

것야. 위반을 했단 괜히."

"어떻게 생긴 소설이 그, 이쁘장스런 소설인구?"

나는 농 삼아서라도 이렇게 반문할밖에.

"가령 옐 든다면, 자네가 이번에 ××에다 쓴 〈맹순사〉 같은 소설은 도저히 이쁘장스런 소설이 아니니깐."

"그렇다면, 다른 사람더러 부탁하는 게 술걸."

"이왕 말이 났으니 말이지, 8·15 이후 여지껏 침묵하구 있다 첫 작품이 그런 거라군 좀 섭섭하데이."

"재조가 그뿐인 걸 어떡허나?"

나는 차라리 그 자리에 윤이 있지 않았다면,

"대작을 쓰느라구 침묵했던 줄 알았던감?"

하였을 것이었다.

"인전 소설두들 쓰기 편허죠?"

윤이 거들고 묻는 말이었다.

"노상 그렇지두 않은 것 같습디다. 검열이 없어지구 보니깐, 인력거꾼이 마라송은 잘 못하듯기."

"아, 내선일체 소설들두 썼을랴드냐 지금야."

"……."

검열이 없어지기 때문에 긴장이 풀려서 도리어 쓰기가 헛심이 쓰인다는 말에 대한 반박이,

1) 관청 등에 고용되어 잔심부름을 맡아 일하는 사람을 일컫는 일본말.

'내선 일체 소설도 썼을랴드냐.'

라니, 당치도 아니한 소리였다. 자못 탈선이었다.

나를 욕하고가 싶어 생트집을 잡는 노릇이었다.

나는 속에서 뭉클하고 가슴으로 치닫는 것을 삼키고 참았다. 아니 참고 대들었자, 무엇 뀐 놈이 성낸다는 꼴이요, 치소(癡笑)나 더할 따름이었다.

험해지는 공기를 눈치채고 김군이 얼른 말머리를 돌려놓는다.

"소설은 아무턴 그럭허기루 허구. 윤군 자넬랑은 이걸 좀 써 주겠나? 패전을 통해 본 일본인의 민족 기질."

"내 영역두 아니지만, 그런 게 무슨 제목거리가 되나?"

"삼기루 들면 크지. 난 그래 좌담회라두 열까 했지만 그럴 것꺼진 없구. 아, 학생들이, 심지어 중학생꺼지두 10년 후에 보자면서 요새 여간 긴장과 열심들이 아니래잖아? 그런데 한편으로 재밌는 모순은 딱 전쟁에 지구 나니깐 그 흘게 빠지구 비굴하던 꼬락사닐 좀 보란 말야. 세상 앙칼지구 기승스럽구 도고허구 하던 거, 그거 일조에 다 어디루 가구서들 그따위루 비굴하구 반편스럽구 겁 많구 하느냔 말야. 난 사실 일본이 전쟁에 져 항복을 하는 날이면 굉장히 자살들을 하구 나가자빠지려니 했었는데, 웬걸…… 더구나 지도자놈들, 고런 얌체 빠지구 뻔뻔스럽다군. 그 중에서 두 조선 나와 있던 놈들, 그 기강, 그 교만 다 어떡허구서……. 무엇이냐 고천(古川) 이놈은 함북지사루 갔다 게서 붙잽힌 채 경찰서 고쓰까이[1]질을 하구 있더라구?"

193

"흥, 남 말을 왜 해."

윤은 그러면서 입을 삐쭉,

"명색이 지도자놈들이 얌체 빠지구 뻔뻔스런 건 하필 왜놈들뿐이던가? 조선놈들은 어떻길래?"

"조선 사람 문젠 그 제목엔 관계가 없으니깐 잠깐 보류하구……."

김군이 나의 낯꽃[1]을 살피면서 그러던 것이나, 윤은 묵살하고 그대로 계속하여,

"왜놈들의 주구(走狗)가 돼가지구 온갖 아첨 다 하구, 비위 맞추구 하면서 순진한 청년, 어리석은 백성을 모아 놓군 구린내 나는 아굴지[2]루다 지껄인닷 소리가, 소위 예술가니 평론가니 하는 놈들은 썩어빠진 붓토막으로 끼적거려 낸닷 소리가, 황국 신민이 되라 하기, 내선일체를 하라 하기, 미국 영국은 도둑놈이요 불의하구 전쟁에는 반드시 지구 멸망할 운명에 있구, 일본은 위대하구 정의요 전쟁엔 반드시 이기구 영원투룩 번영할 터이구 하면서. 그러니 지원병에 나가구 학병에 나가구 징병에 나가, 일본을 위해 개죽음을 하라구 꼬이구 조르기. 굶어 죽더라두 농사한 건 있는 대루 죄다 공출에 바치라구 꼬이구 조르기. 가족은 유리하구 집안은 망하더라두 징용에 나가라구 꼬이구 조르기……."

"너무 과격해. 너무 과격해. 잡지 편집 회의룬 탈선야."

<hr>

1) 감정의 변화에 따라 얼굴에 드러나는 표시.
2) 아굴찌. 아가지(입, 주둥이).

"개중에두 제 소위 소설가니 시인이니 하는 놈들……."

그러다 윤은 나를 힐끗 돌려다 보면서―그것은 차마 정시하기 어려운, 적의와 증오로 찬 얼굴이었다―그런 얼굴로 나를 돌려다 보면서,

"비단 당신 하나를 두구서 하는 말이 아니니, 어찌 생각은 마슈."

하고는 도로 김군더러,

"잘하나 못하나, 소설이니 시니 해서 예술일 것 같으면 양심의 활동이요, 진리(眞理)의 탐구와 그 표현이 아니냐 말야. 물론 소설가나 시인 두 사람인 이상, 입으룬 거짓말을 한다구 하겠지만, 붓으룬 거짓말을 하길 싫여하는 법인데, 또 해필 아니 되는 법인데, 그래, 멀쩡한 거짓말루다 황국 신민 소설, 내선일체 소설을 쓰구, 조선 청년이 강제 모병에 끌려나가 우리의 해방에 방해되는 희생을 하구 한 걸 감격하구 영웅화하는 걸 쓰구 했으니, 그게 예술가야? 예술과 예술가의 이름을 똥칠한 놈들이요, 뱃속에가 진실과 선과 미를 찾아 마지않는 양심 대신, 구더기만 움덕거리는 놈들이 아니구 무어야?"

"대관절 이 사람, 패전을 통해 본 일본인의 민족 기질을 써 줄 심인가 말 심인가?"

"그랬거들랑 저으기 인간적 양심의 반 조각이라두 남은 놈들이라면, 8·15를 당해 조금이라두 뉘우치는, 부꾸러하는 무엇이 있어야 할 거 아냐? 제법 보꾹에다 목을 매구 늘어지던 못한다구 할

값이라두, 죽은 듯기 아뭇 소리 말구 처박혀 있기나 했어야 할 게 아냐? 그런데 글쎄, 그러기는커녕, 8·15소리가 울리기가 무섭게 정말 나서야 할 사람보담두 저희가 먼점 나서 가지구―진소위 선가(船價)[1] 없는 놈이 배 먼점 오른다는 격이었다―그래가지군, 바루 그 전날꺼지, 그 전날꺼지가 무어야, 그날 아침꺼지두 총독부루 군부루 총력연맹으로 쫓어댕기구 일본을 상전처럼 어미아비처럼 떠받치구, 미국 영국을 불공대천지원수루 저주 공격하구, 백성들더러 어째서 황국 신민이 아니 되느냐구, 어째서 징병이며 징용을 꺼려하느냐구, 어째서 공출을 잘 아니 내느냐구 꾸짖구 호령하구 하던 그 아굴지, 그 붓토막으로다, 온 아무리 낯바닥이 쇠가죽같이 두껍기루소니 몇 시간이 못 돼 그 아굴지, 그 붓토막으로다 눌러 그대루 악독한 우리의 원수 왜놈은 굴복했다, 우리를 피 빨아먹던 강도 왜놈은 물러갔다, 우리의 민족 정신을 말살하려 황국 신민이니 내선일체니 하던 기만의 통치와 지배는 무너졌다. 강제 모병, 강제 징용, 강제 징발의 온갖 압박과 착취의 쇠사슬은 끊어졌다. 자 해방이다. 4천 년의 유구한 역사와 찬란한 문화와 독자한 전통으로 빚어진 삼천만 겨레의 민족혼은 제국주의 일본과 36년 꾸준히 싸워 왔다. 그리고 지금이야 삼천리 강산에 해방이 왔다. 자 건국이다. 너두나두 다투어 건국에 몸을 바치자. 그러나 친일파와 민족 반역자를 처단하라. 그놈들은 왜놈에

1) 뱃삯.

게 민족을 팔아먹은 놈들이다. 왜놈들이다. 왜놈보다 더 악독하게 우리를 괴롭힌 놈들이다. 오오, 우리의 해방의 은인이 온다. 위대한 정의의 사도 연합군을 맞이하자. 이런 소리가, 아무려면 그래, 제 얼굴이 간지라워서라두, 제 계집 자식이 면괴스러워서라두 차마 지껄여지며 써지느냐 말야. 오늘은 이(李)가의, 내일은 김(金)가의 품으로 굴러 댕기는 매춘부는 차라리 동정할 여지나 있지. 고따위루 비루하구 얌체 빠지구 뻔뻔스런 것들이 그게 사람야? 개도야지만두 못한 것들이지. 도독놈의 개두 제 주인은 섬길 줄은 안다구 아니해?"

"자, 인전 엔간치 막설하는 게 어때? 그만하면 자네란 사람이 얼마나 박절한 사람이란 건 넉넉히 설명이 됐으니."

김군은 조금 아까부터 신문을 오려 스크랩에 붙이고 있었다.

김군의 음성은 자못 준절하였다. 얼굴도 그러하였다.

김군은 졸연히 흥분을 하거나, 분노를 겉으로 드러내거나 하는 사람이 아니었다. 그러므로 시방 그만 정도의 준절한 음성과 얼굴은, 다른 사람의 웬만침 성이 난 것이나 일반으로 보아도 무방하였다.

윤은 상관 않고 하던 말을 최후까지 계속한다.

"난 그러니깐, 그런 개도야지만 못한 것들이 숙청이 되기 전엔, 건국 사업이구 무엇이구 나서구 싶질 않아. 도저히 그런 더루운 무리들과 동석은 할 생각이 없어."

"사람이 자네처럼 그렇게, 하찮은 자랑을 가지구, 분수 이상으로 남한테 가혹해선 자네 일신상두 이롭지가 못하구, 세상에두 용납을 못하구…….”

“무어? 하찮은 자랑이라구? 분수 이상이라구?”

윤은 퍼르등해서 대든다.

김군은 일하던 것을 놓고, 두 팔로 턱을 고이고 탁자 너머로 윤을 마주보면서 응한다.

“윤군 자네, 나를 대일 협력을 했다구 보나? 아니했다구 보나?”

“했지, 그럼 아니해?”

“적실히 했다구 보지? 그런데, 자네 일찍이, 조선 사람 지도자나 지식층에 대한 일본의 공세—총독부의 소위 고등 정책이라는 거 말일세. 거기 대해서 반격을 해 본 일이 있는가?”

“……”

“손쉽게, 총력 연맹이나 시굴 경찰서에서 자네더러 시국 강연을 해 달라는 교섭 받은 적 있었나?”

“없지.”

“원고는?”

“없지. 신문사 고만두면서 이내 시굴루 내려가 있었으니까.”

“몰라 물은 게 아닐세. 그러니 첫째 왈, 자넨 자네의 지조의 경도(硬度)를 시험 받을 적극적 기획 가져 보지 못한 사람. 합격품인지 불합격품인지 아직 그 판이 나서지 않은 미시험품. 알아들어?”

"그래서?"

"남구루 치면, 단 한 번이래두 도끼루 찍힘을 당해본 적이 없는 남구야. 한 번 찍어 넘어갔을지 다섯 번 열 번에 넘어갔을지 혹은 백 번 천 번을 찍혀두 영영 넘어가지 않았을지, 걸 알 수가 없지 않은가?"

"그래서?"

"그러니깐 자네의 지조의 경도(硬度)란 미지수여든. 자네가 혹시, 그 동안 꾸준히 투쟁을 계속해 온 좌익 운동의 투사들이나, 민족주의 진영의 몇몇 지도자들처럼, 백 번, 천 번의 찍음에 넘어가지 않구서 오늘날의 온전을 지탱한 그런 지조란다면, 그야 자랑두 하자면 하염직하겠지. 그러지 못한 남을 나무랠 계제두 있자면 있겠지. 그러나 어린아이한테 맡기기두 조심되는 한 개의 계란일는지, 소가 밟아두 깨지지 않을 자라등일는지, 하여튼 미시험의 지조로 가지구 함부루 자랑을 삼구 남을 멸시하구 한다는 건, 매양 분수에 벗는 노릇이 아닐까?"

"내가 무슨, 자랑으루 그런대나?"

"의식적이건 무의식적이건……. 그리구 둘째루 자넨 자네의 결백을 횡재한 사람."

"결백을 횡재하다께?"

"자네와 나와, 한 신문사의 같은 자리에 있다가, 자넨 사직들 하구 나가는데, 난 머물러 있지 않았던가?"

"그래서?"

"그것이 난, 신문 기자의 직업을 버리구 나면, 이튿날버틈 목구멍을 보전치 못할 테니깐, 그대루 머물러 있으면서 신문을 맨들어냈구, 그 신문을 맨드는 데에 종사한 것이, 자네의 이른바 나의 대일 협력이 아닌가?"

"그렇지."

"그런데 자넨 월급 봉투에다 목구멍을 틀었지 않드래두, 자네 어룬이 부자니깐, 먹구 사는 걱정은 없는 사람이라 선뜻 신문 기자의 직업을 버리구 말았기 때문에, 자넨 신문을 맨든다는 대일 협력을 아니한 사람, 그렇지 않은가?"

"그래서?"

"그렇다면, 걸 재산적 운명이라구나 할는지, 내가 결백할 수가 없다는 건 가난했기 때문이요, 자네가 결백할 수가 있었다는 건 부잣집 아들이었기 때문이요 그것밖엔 더 있나? 자네와 나와의 비교·대조해서 볼 땐 적어두 그렇잖아? 물론 가난하다구서 절개를 팔아먹었다는 것이 부끄런 노릇이야 부끄런 노릇이지. 또 오늘이라두 민족의 심판을 받는다면, 지은 죄만치 복죄(伏罪)할 각오가 없는 배두 아니구. 그렇지만 자네같이, 단지 부자 아버질 둔 덕분에 팔아먹지 아니할 수가 있었다는 절개두 와락 자랑거린 아닐 성부르이."

"그건 진부한 형식 논리요, 결국은 억담. 월급쟁이가 반드시 신문사 밥만 먹어야 한다는 법은 있던가? 신문 기자말구, 달리 얼마던지 월급쟁이질을 할 자리가 있지 않아?"

"가령? 은행원?"

"은행이던지, 보통 영리 회사던지."

"은행은 대일 협력 아니하구서 초연했던가?"

"하다못해, 땅은 못 파먹어?"

"……."

김군은 어처구니가 없다고 뻔히 윤을 바라보다가,

"철이 안직 덜 났단 말인가? 일부러 우김질을 하자는 심인가?"

"말을 좀 삼가는 게 어때?"

"진정이라면 나두 묻거니와, 나랄지 혹은 그 밖에 자네와 가차운 친구루, 불쾌한 세상을 버리구 시굴루 가 땅이라두 파먹을까 하구서, 자네더러 얼마간의 토지를 빌리라구 했을 경우에, 선뜻 그것을 받아줄 마음의 준비가 있었던가?"

"누가 그런 계획은 했으며, 나더러 와 토질 달라구 한 사람은 있어?"

"옳아. 달란 말을 아니했으니깐 주지 아니했다. 그럼 그건 불문에 넘기구. 자네 말대루 시굴루 가 땅을 파…… 농민이 되는 거였다?"

"그렇지."

"신문 기자가 신문을 맨드는 건 대일 협력이구, 농민이 농사해서 별 공출해서 왜놈과 왜놈의 병정이 배불리 먹구 전쟁을 하게 한 건, 대일 협력이 아닌가?"

"지도자와 피지도자라는 차이가 있지 않아? 신문은 대일 협력을 시키구, 농민은 따라가구 한 그 차이가 적은 차일까?"

"농민들이 벼 공출을 한 것이나, 젊은 사람들이 지원병과 학병에 나간 것이나 완전히 조선 사람 선배랄지 지도자의 말만을 듣구서 비로소 공출을 하구, 병정에 나가구 한 거라면, 지식층의 대일 협력자만은 백이면 백, 천이면 천 죄다 목을 잘라야지. 그렇지만 여보게 윤군. 농민 만 명더러 일일이 물어본다구 하세. 구장과 면 직원의 등쌀에, 순사들이 들끓어 나와 뒤져가구, 숨겨 둔 걸 내노라구 유치장에다 가두구서 때리구 하는 바람에 공출을 했느냐. 모모한 사람들이 연설루, 소설루 신문에서 공출을 해야 한다구 하는 말을 듣구, 그런가 보다 여기구서 자진해 공출을 했느냐. 아주 곧이곧대루 대답을 하라구. 한다면 모르면 모르되, 나는 구장이나 면 직원의 등쌀에, 순사와 형벌이 무서워서 억지루 공출을 낸 것이 아니라, 어떤 조선 양반의 강연을 듣구 옳게 여겨서, 어떤 소설을 읽구 감동이 돼서, 아모 때의 신문을 보구 좋게 생각이 들어서, 그래 우러나는 마음으루 공출을 했소 대답할 농민은 만 명에 한 명두 어려우리. 지원병이나 학병두 역시 같은 대답일 것이구…… 도대체가 당년의 조선 사람들이, 더욱이 청년들이, 대일 협력을 하구 댕기는 지도자란 위인들이 하는 소릴 신용을 한 줄 아나? 신용은 고사요, 자네 말따나, 개도야지만두 못 알았더라네. 그런 지도자 명색들의 말을 듣구서 공출을 했을 게 어딨

---

1) 원칙을 따지거나 캐는 일 없이, 누구에게나 좋은 얼굴로 대하는 일. 또는 그런 사람.

으며, 지원병이니 학병이니 나갔을 게 어딨어? 왜놈이나 공관리들의 강제에 못 이겨 했기 아니면, 저이는 저이대루 호신지책으로 한 거지."

"자네 논법대루 하자면, 그럼 친일파나 민족 반역잔 한 놈두 없구 말겠네나그려?"

"지끔 이 방 안에만 해두, 사람이 셋이 모인 가운데 둘이 민족 반역잔데, 없어?"

"처단할 놈 말야."

"많지. 그렇지만, 벌이라는 건 그 범죄가 끼친 영향을 참작하구, 범죄자의 정상을 참작하구, 그리고 범죄 이후의 심리와 행동을 참작하구, 그래가지구 처단에 경중이 있어야 하는 법이지, 자네 같을래서야 3천만 가운데 장정의 태반은 죽이자구 할 테니, 그야말루 뿔을 바루잡으려다가 솔 죽이는 격이 아니겠는가?"

"웬만한 놈은 죄다 쓸어 숙청은 해야지, 관대했다간 건국에 큰 방해야. 38 이북에서 하듯이 해야만 해. 그리구 난 누가 무슨 말을 하거나, 그 비루하구, 얌체 빠지구, 뻔뻔스럽구 한 인간성, 그게 싫여. 소름이 끼치두룩 싫구 얄미워. 그런 것들과 조선 사람이라는 이름을 같이 한다는 것꺼지두, 욕스럽고 불쾌해."

김군은 노상히 김군 자신의, 일제 시대에 신문이나 맨들었다는 실상 문제 이하의 대일 협력 사실을 구구히 발명하자는 의사라느니보다두, 하도 민망하던 나머지, 그의 두루춘풍[1]식의 처세법을 잠시 훼절을 하고, 나를 위해 윤에게 싸움을 걸었던 것이었다.

그러나 김군의 대일 협력자에 대한 변호는 윤의 말이 아니라도, 억지에 형식 논리에 기울어진, 그래서 대체가 모두 옹색스럽고 공극 투성이었다.

가사, 완전히 변호가 되었다고 하더라도 피고 격인 내가 우선,

"아니, 검사의 논고가 옳고, 변호인의 주장은 아모 소용도 없어."

이런 심리 상태인데야 더욱 말할 나위도 없었다.

또 윤의 지조나 결백 문젠데, 이것은 더구나 문제가 아니었다. 윤의 지조가 아무리 미시험의 것이기로니, 결백이 재산의 덕분이기로니, 죄인을 공격할 자격이 없으란 법은 없는 것이었다.

이윽히 기대려도, 윤은 더는 말이 없었다.

나는, 이 자리에서의 나의 의무를 다한 것으로 알고, 김군과 윤을 작별한 후 P사를 나왔다.

나의 얼굴의 한 점의 핏기도 없어지고 만 것을, 나는 거울은 보지 아니하고도 진작부터 알 수가 있었다.

김군이 뒤미처 따라 나와 아래층까지 배웅을 하여 주었다.

"일수가 나뻤나 보이."

김군이 작별로 잡았던 손을 풀고 웃으면서 하는 말이었다.

나도 웃으면서 한마디 하였다. 그러나 김군에게는 울음같이 보였을는지도 몰랐다.

"죽기만 많이 못한가 보이."

그랬더니 김군은 고개를 가로 여러 번 저으면서,

"이왕 깨끗했을 제 분사(憤死)를 못했을 바엔, 때가 묻어가지구 괴사(愧死)라니 더욱 치사스러이."

듣고 보니 적절하였다. 빈틈없이 적절하였다.

그 빈틈없이 적절한 말을 해 버리는 김군이, 나는 문득 원망스러웠다.

"자네가 오히려 시어미로세."

거리에 나서니 가벼운 현기가 났다.

흐렸던 하늘에서는 어느덧 심란스런 비가 나리고 있었다.

사람과 건물과 거리로 된 세상이, P사를 들르던 한 시간 전과는 어딘지 달라져 보였다.

6

집으로 돌아와, 병난 사람처럼 오늘까지 꼬박 보름을 누워 있었다.

조반보다도 점심에 가차운, 나 혼자의 밥상을 받고 앉아서 아내더러 밑도 끝도 없이 말을 내었다.

"도루 시굴루 내려갑시다."

"……."

아내는 놀라지 않는다.

아무렇지도 않게 출입을 나갔던 사람이, 별안간 죽을상이 되어

205

가지고 돌아와 처음엔 병인가 하였으나, 보아하니 병은 아니어. 그러면서도 여러 날을 앓는 사람처럼 누워 있어.

정녕 밖에서 무슨 사단이 있었거니 하였다. 그러자, 불쑥 그런 말을 내어 일변 해방 후로부터 더럭 동요가 된 심경은 모르지 않는 터이라, 그 사단이라는 것이 어떠한 성질의 것이었음을 짐작할 수 있었을 것이었다.

아내는 한참만에야 대답이다. 그는 언제고, 나보다는 침착하고 현실적인 사람이었다.

"내려가얄 사정이면 내려가는 것이지만서두……. 내려가니, 가서 살 도리가 있어야 말이죠."

"……."

"낯모르구 아무 반연 없는 고장으룬 갈 수가 없구, 가자면 매양 고향 아녜요? 그 벽강궁촌에서 취직 같은 거래두 할 기관이 있어요? 천생 농사밖엔 없는데, 작년 1년 지나본 배, 어디……."

작년 1년 가 있으면서 농사라고 하여 본 경험의 결론은, 우리 같은 사람은 도저히 농사를 해 먹고 살 수 있는 사람이 아니라는 것이었다. 우리의 체력이, 우리의 가족을 먹일 만한 농사를 해 내기엔 너무도 빈약한 것이기 때문이었다.

우리 내외가 밭을 기를 쓰고 가꾸어도, 밭농사로 5백 평을 벗지 못한다. 밭농사 5백 평이면, 채마와 마늘, 고추, 호박 따위의 울안 농사에 불과한 것이다.

채마 등속의 울안 농사 외에, 보리니 콩이니 고구마니 하는 것은 순전히 농군을 사 대어야만 한다.

7, 8명의 한 가족이, 소작농으로서 1년 계량의 벼를 확보하자면, 적어도 3천 평의 논을 소작하여야 한다.

이 3천 평의 논농사와, 보리며 콩 같은 밭농사를 하자면, 줄잡아 연인원(延人員) 2백 명의 농군을 사 대어야 한다.

바로 최근 시세로, 나의 고향에서 농군 한 명에 대하여 점심 저녁 두 때와 술 한 차례 먹이고 품삯이 하루 6, 70원이다.

먹이는 것과 품삯을 치면, 2백 명 삯꾼을 대이는 데 2만 5천 원이 든다.

그 2만 5천 원이 있어야 나는 시골로 가서 농사를 하고 사는 것이다. 옛날 돈으로 250원이라고 하지만, 나에게는 2만 5천 원이 결코 쉬운 돈이 아니다.

그러나마 금년에 2만 5천 원의 농자(農資)를 들여놓으면, 언제까지고 그것이 밑천으로 살아 있느냐 하면, 아니다. 명년 가서는 또다시 그만 한 농자를 들여야 하는 것이다.

농사란 결국, 제 가족이 먹을 것을 제 손발로 농사할 수 있는 사람—농민만이 하기로만 마련인 것이었다.

따사한 햇빛이 드리운 마루에서 다섯 살배기, 세 살배기의 두 어린것이 재깔거리면서 무심히 놀고 있다.

오래도록 어린것들에게 눈이 가 멎었던 아내는 한숨을 내쉬면서 말한다.

"정히 서울이 싫구 하시다면, 가 살다 못 살 값이라두, 가기가

어려우리까만, 저 어린것들이 가엾잖아요? 젤에 교육을 어떡허겠
어요? 내명년이면 우선 하날 소학꼴 보내야 하는데 학교꺼지 10
리 아녜요? 일곱 살배기가 매일 10리 왕복이 무리두 무리지만, 그
렇게라두 해서 소학꼴 마쳐 준다구. 중학 이상은 가량이 없잖아
요? 무슨 수에 학잘 대서, 서울루던 공불 보내게 되진 못할 것이
구⋯⋯."

"⋯⋯."

"시굴서 길러 소학교나 마쳐 주구 만다면 천생 농민인데, 농민
이 구태라 나쁠 며리야 없지만. 그래두 천품을 보아 예술 방면으
루던 과학 방면으루던, 재조가 있는 게 있다면, 그 방면으루 발전
을 시켜 주는 것이 어미아비 도리가 아녜요?"

"⋯⋯."

"여보?"

"⋯⋯."

"우린 다 죽은 심 칩시다."

"⋯⋯."

"죽은 심 치면, 못 참을 건 있으며 못 견딜 건 있어요?"

"⋯⋯."

"당신, 죄지셨잖아요? 그 죄, 지신 채 그대루, 저생 가시구퍼
요?"

1) 여자에게 소용되는 바느질 도구·패물 따위를 통틀어 이르는 말.

아내가 나를 죄인이라 부르기는 처음이었다. 그는 울면서 그 말을 하였다.

나를 죄인이 아니라 여기려고 아니하는 이 낡아빠진 아내가, 나는 존경스럽고 고마웠다.

"당신야 존재가 미미하니깐 이 댐에 민족의 심판을 받지두 못하실는진 몰라두, 가사 받아서 벌을 당한다구 하더래두, 형벌이 죌 속량해 주는 건 아니잖아요?"

"……."

"이를 악물구, 다른 것 다 돌아볼랴 말구서, 저것들 남매 잘 길러, 잘 교육시키구, 잘 지도하구 해서 바른 사람 노릇 하두룩, 남의 앞에 떳떳한 사람 노릇 하두룩 해 줍시다. 아버지루서 자식한테 대한 애정으루나, 죄인으루서 민족의 다음 세대에다 속죌 하는 정성으루나."

"……."

"어미애비의 허물루, 그 어린 자식한테까지 미쳐가서야 어린것들을 위해 너무두 슬픈 일이 아녜요?"

"……."

"원고 쓰실랴 마세요. 차라리 영리 회사 같은 데 취직이래두 하세요. 것두 싫으시거든, 얼마 동안 집안에 들앉어 기세요. 내가 방물[1] 보퉁이래두 이구 나서리다."

"……."

"……."

"그런 것 저런 것을 모르는 배 아니오마는, 하두 인생이 구차스러 못하겠구려. 구차스럽구, 울분이 도무지 어따 대구 풀 길이 없는 울분이, 가슴속에 가 뭉쳐가지구 무시루 치달아 오르구."

막 이러구 있을 즈음에 조카 아이가 퍼뜩 당도하였다. ××서 중학 상급 학년에 다니는, 넷째 형의 아들이었다. 조카라지만 정이 자별하여 친자식이나 다름없는 조카였었다.

일요일도 아닌데 올라온 연유를 물었더니, 주저하다가 대답이었다.

"아이들이 동맹 휴학을 했대요. 전 그래, 거기 들기두 싫구 해서, 일 해결될 때꺼정 여기서 공부나 할 영으로……."

"동맹 휴학은 어째?"

"선생 배척이래요."

"선생이 어쨌길래?"

"선생 하나가 새루 왔는데, 일정 시대 서울 어떤 학교에 있을 적버틈 유명한 친일패였드래요."

"어떻게?"

"창씨 아니한 학생 낙제시키기. 사알살 뒤밟다 조선말 하는 거 붙잡아다 두들겨 주기. 저희 학교루 와서두 연성 일본말루다 지껄이구, 머 여간만 건방진 거 아녜요."

"그 선생이 적실히 친일파요, 그런 나쁜 짓을 했다는 건 어떻게

1) 옳고 그르고 굽고 곧음.

알았어?"

"그 학교 댕기던 아이가 몇이 전학을 해 왔어요."

"그 애들 말만 듣구?"

"그 애들 말 듣구서 다시 조살 했대나 봐요."

"그러면…… 너두 인전 나이 이십이요 중학 졸업반이니, 그런 시비곡직[1]은 혼자서 판단할 힘이 있어야 할 거야. 없다면 천치구."

"……."

"그래, 그런 선생을 배척하는 학생 편이 옳으냐? 잘못이냐?"

"학생이 옳아요."

"옳은 줄 알면서, 어째 넌 빠지구 아니 들어?"

"……."

"응?"

"낼 모레가 졸업인데, 공불 해야 상급 학교 입학 시험을 치죠. 조행에두 관계가 될걸요."

"이놈아!"

아이 저는 물론이요, 옆에 앉았던 아내까지도 질겁해 놀라도록, 나의 목청은 높았다. 가슴에 뭉친 그 울분의 애꿎은 폭발이었으리라.

"동무들이 동맹 휴학이란 비상수단까지 써 가면서 옳은 것을 주장하는데, 넌 그것이 번연히 옳은 줄 알면서두 빠져? 공부 좀 밑진다구? 조행에 관계된다구?"

민족의 죄인

211

"……"

"저 한 사람 조그만한 이익이나 구차한 안전을 얻자구, 옳은 일 못하는 거, 그거 사람 아냐. 너 명색이 상급생이지?"

"네."

"반장이지?"

"네."

"아이들이 널 어려워하구, 네가 하는 말을 믿구 잘 듣구 그랬드라면서?"

"네."

"그래, 더구나 그런 놈이, 네가 나서서 주동을 해야 옳지, 뒤루 살며시 빠져? 넌 그러니깐 반역 행윌 한 놈야. 그따위루 못날 테거든 진작 죽어 이놈아."

"……"

"옳은 일을 위해 나서서 싸우는 대신, 편안하구 무사하자구 옳지 못한 길루 가는 놈은, 공부 아냐 뱃속에 육졸 배포했어두 아무 짝에두 못쓰는 법야."

"……"

"학문은 영웅지여사(學問英雄之餘事)란 말이 있어. 사람이 잘나야 하구, 학문은 그 다음이니라. 인격이 제일이요, 지식은 둘째니라, 이 뜻야. 공부보다두 위선 사람이 돼야 해. 옳은 일을 하기 위해선 불 가운데라두 뛰어들어갈 용기. 옳지 못한 길에는 칼을 겨누면서 핍박을 하더래두 굽히지 않는 절개. 단체를 위한 일이면

개인을 돌아보지 않는 의협. 그런 것이 인격야. 그러구서야 학문
도 필요한 법야. 알았어, 이놈아."

"네."

"당장 가. 가서 같이 해. 퇴학 맞아두 좋다. 금년에 상급 학교
들지 못해두 상관없어."

"네."

"비단 동맹 휴학뿐 아니라, 어델 가 무슨 일에던지 용렬히 굴진
마라. 알았어?"

"네."

기회가 다른 기회요, 단순히 훈계를 하기 위한 훈계였다면, 형
식과 방법이 매양 이렇지도 않았을 것이었다.

내가 생각을 하여도 중뿔난 것이었고, 빤히 속을 아는 아내를
보기가 쑥스럽다.

그러나, 그러면서도 한편으로 무엇인지 모를, 속 후련하고 겸하
여 안심되는 것 같은 것이 문득 느껴지고 있음을, 나는 스스로 거
역할 수가 없었다.

독후감
길라잡이

레디메이드 인생

레디메이드 인생

P는 일제의 문화 정책에 의해 고등 교육을 받은 인텔리지만, 그에 걸맞는 일자리가 없어 하릴없이 빈둥거리고 있었습니다. 게다가 언제나처럼 그를 따라다니는 부담—아홉 살 된 아들을 자신의 거처로 데려가 공부시키라는 형님의 편지—은 비록 놀고는 있지만 그의 육체를 지치게 했습니다.

어느 날, 여느 때와 같이 일거리를 찾아 나선 그는 조금 안면이 있는 신문사의 K사장을 찾아갑니다. 그러나 일자리가 없다는 이유로 간단하게 거절을 당합니다. 뿐만 아니라 없는 일자리만 구하고 다닐 게 아니라, 시골로 내려가 뜻있는 일을 해야 한다고 엉뚱한 설교까지 듣게 됩니다.

잔뜩 풀이 죽어 사글셋방으로 돌아온 P는 시골의 형님이 보낸 한 통의 편지를 전해 받습니다. 늘 그렇듯 아들 창선이를 데리고 가서 공부를 시켜야 한다는 내용이었습니다. P는 현재 자신이 처한 상황을 보며 자신의 아들만큼은 절대 인텔리로 키우지 않겠다고 다짐을 합니다.

잔뜩 심사가 착잡해져 있는 P의 거처로 그와 같은 입장에 처해 있는 무직의 인텔리 친구들이 찾아옵니다. 이들은 책을 저당 잡혀 돈을 구하고선 싸구려 술집에 가서 자정이 넘도록 술을 마시며 인생을 한탄합니다. 하지만 단돈 몇 푼에 몸을 팔려고 하는 술

216

집 여자의 모습을 본 P는, 참담한 기분이 되어 다시 사글셋방으로 돌아옵니다.

어느 날 시골에서 P에게 또 한 장의 편지가 날아듭니다. 아들 창선이를 인편에 올려 보낸다는 내용이었습니다. 그는 급히 여기 저기를 다니면서 돈 15원을 마련합니다. 그리고 그 돈으로 여러 가지 가재도구를 사서 아들과 자취할 채비를 차립니다. 그리고는 어느 인쇄소의 문선과장을 찾아가 자신의 아들을 거두어 달라고 부탁합니다.

취직시킬 아이가 P의 친아들임을 안 문선과장은 한편으로 놀라지만 결국 그의 아들을 맡아 일을 가르치기로 약속합니다.

아들이 서울로 올라온 첫날 밤, P는 아랫목에 잠든 아들을 바라보며 전에 없던 연민을 느낍니다. 하지만 다음 날 아들을 인쇄소에 넘겨 주고 나오면서 레디메이드 인생이 겨우 임자를 만났다며 낮은 소리로 중얼거립니다.

치숙

이 글의 화자인 '나'가 이야기하고 있는 아저씨는 '나'의 오촌 고모부입니다.

아저씨는 일본에 가서 대학교 공부를 마친 인텔리지만, 사회주의 운동을 하다가 잡혀 징역살이를 하고 나와서는 현재 폐병으로 앓아 누워 있습니다.

아저씨는 전과자 낙인이 찍힌 신분에, 생활 또한 몹시 궁핍했지만 그의 어질고 얌전한 아내, 즉 '나'의 아주머니가 삯바느질과 품빨래 그리고 화장품 장사를 부지런히 해서 겨우 굶지 않고 생활을 유지할 수 있었습니다.

'나'의 눈에는 그것이 너무나 못마땅하고 불공평해 보입니다.

아주머니는 열여섯 살에 아저씨에게 시집을 와서, 공부한다는 핑계로 이곳 저곳 돌아다니다 학생 출신인 여자와 살림을 차린 아저씨 때문에 수년 동안 친정으로 쫓겨 가서 살아야 했습니다.

아저씨는 그 후 옥살이를 하게 되고 아저씨를 버리고 떠난 인텔리 여자를 대신해 아저씨를 돌보러 서울로 올라온 아주머니는 '나'가 볼 때 천사와 견줄 만한 인물이었습니다.

반대로 나의 눈에 비친 아저씨는 한심하기 이를 데 없는 사람이었습니다.

아저씨는 대학까지 졸업하고도 할 수 있는 일이라고는 막노동밖에 없었습니다. 게다가 일할 생각은 않고 언제나 사회주의 운동 생각만 하고 있으니, 아편 중독자와 다를 바 없는 사회주의 운동 중독자와 같다고 '나'는 생각합니다.

'나'는 자신의 주인인 일본인이 자신을 신용하므로, 열심히 일만 하면 큰 부자가 될 거라 생각합니다. '나'는 부자가 되면 주인의 충고를 받아들여 일본 여자에게 장가를 들고, 이름도 일본인 이름으로 개명하고, 생활 법도도 모두 일본인처럼 살아가길 꿈꿉니다.

하지만 아저씨는 오히려 그런 '나'를 가리켜 "그 녀석 사람 버렸더라고, 아무짝에도 못쓰게 길이 들었다.”라고 핀잔을 줍니다.
‘나’는 그 이유를 도무지 알 수가 없었습니다.

 ## 작품 분석하기

〈레디메이드 인생〉은 1934년 5월부터 7월까지 《신동아》에 연재
된 채만식의 단편 소설입니다.

제목인 ‘레디메이드(ready¡'made) 인생’이란 ‘미리 준비된, 기
성품 인생’이란 뜻으로, 일제의 문화 정책과 사회적 요구에 의해
서 조성된 교육열로 인해 지식인이 과잉 공급되고, 그로 인해 양
산된 고등 실업자를 가리키는 말입니다.

이 글은 식민지 우민화 정책에 의해 실직자가 되어 무기력하고
비참한 삶을 살아가는 지식인의 문제를 잘 다루고 있으며, 그들의
좌절과 파멸을 풍자적이고 냉소적인 시선으로 그리고 있습니다.

‘레디메이드 인생이 비로소 겨우 임자를 만나 팔리었구나.’ 하
는 주인공 P의 마지막 독백에서 드러나듯이, 마지막 결말 부분은
식민지 교육 정책에 대한 강한 비판과 함께 노동자에 대한 신뢰
를 표현하고 있습니다.

한편 〈치숙〉은 한편의 풍자극이라고 볼 수 있습니다. 이 글의
화자인 ‘나’가 신랄하게 비평하는 아저씨란 인물은, 일본에서 대
학을 나온 지식인임에도 일할 생각도 없이 사회주의 운동에 푹

독후감 길라잡이

빠져 있습니다.

그런 반면 '나'는 일본인이 경영하는 상점에서 열심히 일하고 있으며, 앞으로 일본 여인과 결혼하고, 이름도 일본인 성명으로 바꾸고 살아가는 것이 꿈입니다.

아저씨는 이러한 '나'의 꿈 이야기를 듣고 '나'를 딱하게 여기지만, 나는 살 궁리는 하지 않고 사회주의 운동만 하고 있는 아저씨를 오히려 한심하게 바라봅니다.

이처럼 〈치숙〉은 식민지 시대에 삶의 방향을 제대로 찾지 못하는 '아저씨'를 통해 무능한 인텔리의 비극을 보여 주고, 그런 아저씨를 부정하는 '나'를 통해 식민지 현실에 만족하며 적극적으로 일제 지배를 수용하며 살아가는 인물을 풍자한 작품입니다.

▌작품의 주제 ▌

〈레디메이드 인생〉은 산업 사회에서 소외된 지식인의 무능함과 당시 사회의 물질주의 및 지식인 양산 체제를 비판하며 일제의 우민화 정책을 비판한 작품입니다. 또한 〈치숙〉은 지식인이 정상적으로 살 수 없는 일제 강점기의 모습과, '나'의 노예적 삶의 그릇된 가치관을 풍자한 작품입니다.

▌작품의 시점 ▌

〈레디메이드 인생〉은 작가가 무능한 지식인 'P'의 행적과 그의 주변 사람들의 생각과 행동을 서술한 3인칭 전지적 작가 시점,

〈치숙〉은 '나'를 통해 비판의 대상인 '아저씨'를 바라보는 1인칭 관찰자 시점입니다.

▌ 시대적 배경 ▌

두 작품 모두 일제 강점기인 1920~1930년대 서울을 그리고 있으며, 이 시기는 산업화 사회로 변모해 가는 과정에서 파생된 물질 만능주의가 팽배하기 시작하던 때입니다.

▌ 공간적 배경 ▌

두 작품 모두 일제 강점기의 서울을 배경으로 하고 있습니다.

▌ 사상적 배경 ▌

〈레디메이드 인생〉이 발표된 1934년부터 1938년 사이에 채만식은 일제 강점기의 비극적 상황을 풍자를 통해 표현한 작품 활동을 하는 데 주력하며, 작품의 양과 질에서 큰 성과를 거두었습니다. 지식인의 고뇌와 좌절을 그린 〈레디메이드 인생〉과 무능한 인텔리의 비극과 식민지 현실에 노예처럼 순응하는 사람들의 문제를 그린 〈치숙〉도 이 시기의 작품들 중 하나입니다.

모두 일제 강점기의 경제적 궁핍과 농촌 부흥 운동이 가지고 있는 문제점, 고등 실업자를 양산하고 있는 식민지 당국의 무계획성, 지식인의 허례허식, 현실에서 벗어난 인물의 허상, 생활고의 심각성과 황금만능주의 등 당시 사회의 구조적 병폐를 예리하게 부각시키고 있습니다.

③ 등장인물 알기

레디메이드 인생

P 무직(無職) 인텔리. 동경 유학을 하고 잡지사에서 근무한 적이 있는 실업자로서 한때 좌익 운동에 가담한 이력이 있습니다. 가진 기술은 없으면서도 배웠기 때문에 직업에 대한 눈이 높은 인물입니다. 쓸데없는 잡지식이나 가지고 있는 당시의 고등 실업자의 전형이라 볼 수 있습니다.

M과 H 주인공 P와 똑같은 무직 인텔리입니다. 주인공의 보조적 역할을 하는 인물로 등장합니다.

창선 P의 아들로, 이혼하고 생활 능력이 없는 무책임한 부모와 당대의 시대적 상황 때문에 어린 나이에 인쇄소 견습공이 됩니다.

K사장 신흥 부르주아의 전형적인 인물로, 일제의 우민화 정책에 편승하여 직장을 구하는 후배들에게 추상적으로 농촌으로 돌아갈 것을 권하는 위선적인 인물입니다.

치숙

나 보통학교 중퇴 후 일본인 가게의 점원으로 있는 소년으로서, 식민지 상황을 긍정하고 점차 동화되어 가는 인물입니다. 아저씨를 치숙(어리석은 아저씨)이라고 하고, 무능한 지식인라고 비판하고 있으나, 오히려 풍자의 대상이 됩니다.

아저씨 사회주의에 대한 이론은 탄탄하지만 '나'의 사회주의 운동에 대한 비판에 대해서 명쾌하게 논박하지 못하는, 당시 지식인의 한계를 드러내는 인물입니다.

아주머니 품성이 좋고 얌전하여 일부종사를 고집하는 전형적인 구식 여성입니다.

동우감 길라잡이

４ 작가 들여다보기

채만식은 소설가이면서 극작가였습니다. 《동아일보》·《조선일보》·《개벽》 기자로 있으면서, 1924년 단편 〈세 길로〉를 《조선문단》에 발표하면서 문단에 등단했습니다. 당시 카프의 영향을 받아 동반자적 경향이 강한 〈사라지는 그림자〉, 〈부촌(富村)〉 등의 단편과, 장편 《인형의 집을 나와서》, 희곡 《화물자동차》를 발표했습니다. 그 때는 이미 그의 풍자와 반어 정신이 사회 비판 의식으로 싹트고 있던 시기였습니다.

1934년 〈레디메이드 인생〉을 발표, 당시 지식인 사회의 고민과 약점을 파헤쳐 풍자 작가로서의 재능을 보였으며, 1937년 장편 《탁류》에서는 당대 사회 현실의 부조리와 갈등을 사실적으로 묘사했습니다. 1935년 기자 생활을 청산하고 한때 금광업에도 손을 댔지만, 주로 창작 활동에 전념하여 〈인텔리와 빈대떡〉, 〈명일(明日)〉, 〈예수나 믿었더면〉, 〈집〉, 〈치숙〉, 〈쑥국새〉, 〈소망〉, 〈패배자의 무덤〉, 〈모색〉, 〈냉동어〉, 〈근일〉 등의 단편과 《태평천하》, 《금의 정열》 등의 장편 소설을 발표했습니다.

1930년대 후반에 발표된 여러 작품들은 당시 일본 식민지하의 인텔리 계층에 대한 비판이나, 시대 상황에 대한 풍자를 담고 있지만, 그의 전 작품들에 비해 사회에 대한 긍정적인 미래상을 제시하기보다는 부정적인 현실의 우회적인 비판에만 치우쳐 있습니다. 이것은 일본의 억압이 그만큼 커져 작가로서 글을 쓰는 것이 힘들었음을 반증한다고 볼 수 있습니다.

그러나 이 같은 작가 의식은 해방 후에 중편 〈민족의 죄인〉을 발표하면서 자신의 과오를 반성하고, 다시 단편인 〈역정〉, 〈돼지〉, 장편인 《옥랑사》 등을 발표하면서 해방 후의 혼란한 사회에 대한 비판을 시도합니다. 하지만 안타깝게도 1950년 미완성 소설인 〈소〉를 남긴 채 폐환(肺患)으로 죽고 맙니다.

그럼, 그의 생애를 연도별로 살펴볼까요?

1902년   6월 17일 전라북도 옥구군 임피면 읍내리에서 다섯째
        아들로 출생.

1910년   임피 보통학교 입학.

1918년   사립 중앙고등 보통학교 입학.

1920년   은선홍과 결혼.

1923년   처녀작 중편 〈과도기〉를 탈고했으나, 일본의 검열로
        발표되지 못함.

1924년   단편 〈세 길로〉가 이광수의 추천으로 《조선문단》에
        발표됨.

1925년   《동아일보》 정치부 기자로 입사. 단편 〈불효자식〉이
        《조선문단》에 추천됨.

1926년   《동아일보》 사직.

1933년   장편 《인형의 집을 나와서》, 단편 〈팔려간 몸〉, 평론 〈
        백 명이 한 개를 낳더라도 옳은 프로 작품을〉, 희곡
        《조조》, 수필 〈길거리에서 만난 여자〉 등을 발표.

1936년   《조선일보》 사직. 형이 사는 개성 남산동으로 이주, 창
        작에 전념. 단편 〈언약〉, 〈보리방아〉, 〈명일〉, 중편 〈정
        거장 근처〉 등과 희곡 《심봉사》 등을 탈고.

1937년   장편 〈탁류〉를 《조선일보》에 연재함.

1946년   〈맹순사〉, 〈역로〉, 〈미스터 방〉, 〈논 이야기〉 등의 단
        편과 중편 〈허생전〉 발표. 단편집 《제향날》 출간. 임피
        로 다시 낙향.

1948년 장편 《옥란사》 탈고. 단편 〈처자〉, 〈낙조〉, 〈도야지〉,
〈민족의 죄인〉 등을 발표. 단편 〈아시아의 운명〉 탈
고. 미완의 장편 《청류》 집필.

1950년 49세를 일기로 별세. 미완성 소설 〈소〉를 남김.

5 시대와 연관짓기

부조리의 시대

채만식의 창작 활동이 활발했던 1930년에서 1950년은 우리 나
라가 역사적 · 시대적으로 심각한 모순에 빠져들던 암울한 시기였
습니다. 일본은 1931년 중일 전쟁을, 1934년에 태평양 전쟁을 일
으키면서, 본격적으로 군국주의의 야욕을 드러냅니다. 그러면서
3 · 1 운동 이후 문화 통치라고 불린 일본의 식민 정책이 강경한
억압 통치로 바뀌게 됩니다.

제2차 세계대전 발발 후 우리 나라 자원과 식량에 대한 수탈은
더욱 심해지고, 우리 민족에 대한 억압과 핍박도 날로 악랄해졌
습니다. 또한 식민지 자본주의의 모순은 우리 나라 사람들을 가
난 속에 허덕이게 했고, 일본의 핍박은 수많은 독립지사들과 불
쌍한 민초들을 죽음으로 몰아넣었습니다.

제2차 세계대전의 패배 후 일본이 물러가고 나서, 우리 나라는
또다시 심각한 모순 속에 빠져들게 됩니다. 우리 손으로 해방을

쟁취한 것이 아니고 미국과 소련의 도움으로 이루어진 것이기에, 우리 나라의 해방 공간은 다시 분단과 일제 잔재의 미해소라는 오명을 가지고 출발하게 됩니다. 남한의 경우는 미국이 다시 친일 인사를 등용하고, 정치적으로 혼란한 가운데 온갖 부조리와 모순이 판을 치게 됩니다. 북한도 역시 소련을 중심으로 한 강제 개혁으로 인해 많은 사람들이 고통받게 됩니다. 이러한 모순은 동족상잔의 비극이라는 6·25 전쟁으로 인해 더욱더 심해집니다.

독후감 길라잡이

전망을 찾기 힘든 시대의 전망 찾기

채만식의 문학은 순수 문학이 주류를 이루고 있던 1930년대 문학적 풍토 위에서 매우 분명한 사회 의식을 보여 주며 전개됩니다. 문단 등단 후 1930년 무렵까지는 여러 사회 비판적인 작품들을 발표하지만 사회 의식이 전체를 조망하지 못하고 피상적인 수준에 머물러 있는 한계를 나타냅니다. 그러나 1930년대 이후 구체적인 현실 문제를 통해서 매우 뚜렷한 사회 의식을 보여 줍니다.

작가 채만식의 사회적 관심사는, 첫째는 당대의 실직 인텔리들의 고뇌과 궁핍한 생활상을 그리는 것이었고, 둘째는 당대 농민들의 생활 양상이었습니다. 농민들의 생활을 소재로 한 〈암소를 팔아서〉, 〈쑥국새〉, 〈두 순정〉 등과 같은 작품에서는 농촌 생활의 본능적인 애정이나 치정 혹은 풍속을 보여 주었고, 〈조그마한 기업가〉, 〈부촌〉, 〈서민의 회계 보고〉 등의 작품을 통해서는 식민지 시대의 모순된 농촌 사회의 구조와 경제적 수탈로 피폐해진 농촌의 궁핍상을 폭로하고 있습니다.

채만식은 당시의 최서해와 같이 농민의 절실한 빈궁을 직접 체험한 것은 아니지만, 지식인으로서 당대 농민의 참상을 관찰하여 객관적으로 그것을 폭로하고 있을 뿐 아니라 농민을 수탈하는 사회 제도에 대한 날카로운 비판과 그 개혁에의 의지를 보여 주고 있다는 점에서 의의가 있습니다.

채만식의 사회 의식은 1930년대 말경부터 1940년대에 쓰여진 《어머니》 등 개화기를 배경으로 한 일련의 역사 소설을 통해 보다 발전된 역사 의식으로 드러납니다.

이들 작품은 대부분 올바른 역사주의와 인물의 성격 창조가 미비하고, 부정적인 시대에 안주하는 주인공 등으로 말미암아 당대의 현실을 포괄적으로 드러내지는 못하지만, 개화기라는 신구 세력의 교체기에 새로운 충격을 가하고 민중 세력 속에서 역사의 추진력을 찾는 민주적 민족주의라는 진보주의적 사관을 보여 주고 있습니다.

또한 해방 이후에는 당시의 시대를 비판하는 〈맹순사〉, 〈미스터 방〉 등의 작품을 내놓아 사회의 부조리에 항거하지만, 긍정적인 인물들에 대한 구체적인 형상화 부족과 미래에 대한 분명한 비전 제시의 실패로 인해, 풍자와 비판의 한계를 드러냅니다. 이와 같은 채만식의 작품들은 당대 긍정적인 전망을 구체적으로 찾기 힘든 시절에, 그 당시의 사회 부조리를 비판함으로써 긍정적인 사회가 오기를 희구하는 모습이었다고 할 수 있습니다.

6 작품 토론하기

> 1 〈레디메이드 인생〉에서 작가가 비중 있게 다루고 있는 풍자 대상은 주인공 P로 대표되는 무직 인텔리 계층입니다. 무직 인텔리를 비유하는 말을 본문에서 찾아 보고 주인공이 아들을 인쇄소 직공으로 보내는 반지성적 행동이 가진 의미에 대하여 생각해 봅시다.

독후감 길라잡이

➡️이 작품에서 무직 인텔리는 '개밥의 도토리, 초상집의 주인 없는 개, 레디메이드 인생'으로 비유되고 있으며, 주인공이 아들을 인쇄소 직공으로 보내는 장면은 식민지 상황에서 대량으로 생산된, 갈 곳 없는 지식인 사회의 현실을 효과적으로 풍자하기 위함이었습니다. 다시 말해 식민지 교육에 대한 부정과 비판 및 정당한 노동에 대한 주인공의 의식의 변화를 보여 주는 것이라 할 수 있습니다.

> 2 "우리 아저씨 말이지요. 아따 저 거시키 한참 당년에 무엇이냐, 그놈의 것, 사회주의라더냐, 막덕이라더냐, 그걸 하다 징역 살고 나와서 폐병으로 시방 앓고 누웠는 우리 오촌 고모부 그 양반…… 머, 말도 마시오. 대체 사람이 어쩌면 글쎄…… 내 원! 신세 간데없지요."

위의 글은 〈치숙〉 중의 첫 부분입니다. 위의 글에서 알 수 있

→ 이 작품은 일본인 밑에서 생활의 만족을 느끼며 사는 한 소
년의 입을 빌려, 무능한 지식인 아저씨의 모습을 조롱하는 한편,
이야기의 화자인 '나'의 식민지 생활에 안주하는 모습을 비판하
고 있습니다.

이 작품에 등장하는 두 인물은 나름대로 특징을 가지고 있습니
다. 주인공 아저씨는 현실을 추악하게 보고 개인적 파멸을 감수
하면서 현실에 대항하는 인물인 반면, 글의 화자인 '나'는 현실을
아름답게 보고 만족하며 사는 인물로 그려지고 있습니다. 시대
상황에 대한 유식층과 무식층의 반응을 풍자한 것이라 볼 수 있
습니다.

→ 두 작품 모두 무능한 인텔리의 비극을 그린 작품입니다. 작
가 채만식은 〈레디메이드 인생〉의 주인공 P를 통해 공장에서 쏟
아져 나오듯 대량으로 생산된 지식인들이 어딘가로 팔려 가길 기
다리는 '기성품 인생'이라고 꼬집어 말하고 있습니다. 그리고

〈치숙〉의 '아저씨'는 이론만 탄탄할 뿐 사회주의 이상을 철저히 추진하지 못하는 나약한 지식인의 모습을 그리고 있습니다.

독후감 예시하기

▌독후감 1 ▌ 레디메이드 인생은 여전히 계속된다

이 작품은 무엇을 가리켜 '레디메이드 인생'이라고 부르는 것인지 도입부터 궁금증을 유발시키는 독특한 제목을 가진 소설이었다. 줄거리를 정리해 보자면 대략 이러하다.

고등 교육을 받고도 마땅한 일자리를 얻지 못한 채 살아가던 주인공 P는 이력서를 들고 모 신문사의 K사장을 찾아간다. 그러나 일자리를 거절당하고, 오히려 농촌 운동이나 하라는 충고를 받는다. 당장 먹고 살기도 힘든 형편에 농촌 운동과 문맹 퇴치란 허구에 불과하다고 반발하면서 밖으로 나온 K는 차라리 자신이 무식했다면 농민이나 노동자라도 되어 실직을 하지 않았을 것이라며 인텔리의 삶을 원망하기도 한다. 또한, 자신과 같은 지식인 실업자를 양산해 낸 사회를 원망하기도 한다.

그러던 차에 고향의 형에게서 편지가 온다. 아홉 살짜리 아들 창선이를 올려 보낼 테니 학교에 보내 공부를 시키라는 내용이었다. 울적해진 그는 친구 M과 함께 H를 졸라 자신의 법률 책을 저당 잡혀 술집으로 간다. 그곳에서 술집 여자들이 단돈 몇 푼에 몸을 팔려고 하는 모습을 본 P는 또 한 번 분노를 느낀다.

'창선'이가 온다는 날, P는 어느 인쇄소의 문선과장을 찾아가서 아들을 무료 견습공으로써 달라고 부탁한다. 아들에게만은 자신과 같은 인텔리 실직자를 만들지 않겠다고 다짐한 것이다. 그리고 P는 자신과 아들 모두가 팔려가기를 기다리는 레디메이드 (ready-made, 기성품) 인생이라고 생각한다.

이 글을 읽는 내내 요즈음 사회적 문제가 되고 있을 정도로 심각한 청년 실업자들의 모습이 아른거렸다. 명절 때조차 집에서 보내지 못하고 도서관에서 치열한 취업 전쟁을 벌이고 있는 그들. 직장을 구하고, 결혼을 하고, 가족이란 사회의 최소 기본 구성 요소를 꾸리고 사회를 함께 이끌어 가야 할 젊은이들이 아직 그 첫 단추조차 채우지 못하고 있으니 큰 문제가 아닐 수 없다. 어떤 면에서 볼 때 공간적, 시간적 배경은 다르나, 주인공 P는 이 시대를 살아가는 우리 나라 젊은이들과 비슷한 고민을 안고 있는 듯했다.

일제 식민지 문화 정책의 희생양이 된 인텔리 P가 아홉 살밖에 안 된 자식을 문선공으로 취직을 시키는 울분에 찬 태도는 언뜻 이해하기 힘들면서도 어떤 면에서는 충분히 공감이 가는 부분이 있었다. 교육의 필요성을 주장하면서도 교육을 받은 자들을 수용하지 않는 모순을 안고 있는 지금의 현실은 일제 강점기나 지금이나 별반 다를 바가 없는 듯하다.

또 한편으로는 현재를 살고 있는 우리까지 공감할 수 있는 채만식의 날카로운 현실 풍자에 놀라면서, 아직도 일제 강점기의 모순을 극복하지 못하고 현실의 굴레 속에서 헤매는 우리들의 모습이 부끄러웠다.

마치 채만식이 〈레디메이드 인생〉을 통해 현실에 순응하여 꼭 두각시처럼 움직이는 우매한 우리 후손들을 꾸짖고 있는 것처럼 느껴졌다.

▌독후감 2 ▌ 읽을수록 새로움을 더하는 소설 〈치숙〉

나는 개인적으로 작가 채만식의 작품을 좋아하는 편이다.《태평천하》,《탁류》,〈레디메이드 인생〉등 그의 작품은 꽤 오랜 시간이 흐른 지금 읽어도 독자들의 공감과, 감동을 자아낼 만한 작품들이다. 이번에 읽은 채만식의 〈치숙〉은 이미 여러 차례 읽었던 소설이다. 하지만 매번 읽을 때마다 어리석은 '나'가 당대 지식인인 '아저씨'를 쉼 없이 질타하는 것에 다시 한 번 웃게 되고 공감도 하게 된다. '풍자'의 대표 작가라는 채만식의 재능이 이 작품을 통해 여실히 드러나는 것 같다.

그리고 이전에 느끼지 못했지만 이번 독서를 통해 새롭게 와 닿은 점이 하나 있다. 그것은 자유연애가 새로운 사조처럼 유행하고 있던 시기, 조강지처를 버리고 신여성과 딴 살림을 차렸던 '아저씨'가, 막상 병들고 여자에게 버림받은 후 다시 본처를 찾는 모습에선 아저씨의 무능함과 이기적인 모습에 조금 화도 났다. 그리고 그런 남자를 지아비라고 떠받들고 먹여 살리려고 애쓰는 아주머니의 모습이 안쓰럽기도 하고 바보스럽게 보이기까지 했다. 이러한 일들이 당시엔 일반적으로 있었던 일들이었으리라 생각하니, 여자로서 그 시대에 태어나지 않았던 것이 무척이나 다행스럽게 생각되었다.

어리석은 아저씨라는 뜻이 담긴 〈치숙(癡叔)〉이란 제목에서도 알 수 있듯이, 소설은 표면적으로 무능력한 당대의 지식인을 날카롭게 비판하고 있다. 하지만 그 안에는 어리석은 아저씨를 비판하고 있는 1인칭 화자인 '나'를 다시 한 번 비판함으로써 일본의 우민화 정책에 휘둘리는 사람들에게 경종을 울리고 있다.

이처럼 지극히 현실적이고 개인의 행복만을 추구하는 조카와, 그와 반대로 현실과 동떨어진 이상주의에 빠진 아저씨를 대비시켜 놓음으로써 작가는 당대의 현실을 절묘하게 풍자하고 있다.

독후감

제대로 쓰기

레디메이드 인생

① 책을 읽기 전에

우리는 책을 통해서 지식을 쌓고 학문을 연마하게 됩니다. 또한 교양을 얻고 수양을 쌓게 되지요. 그리하여 즐겁고 보람 있는 생활을 할 수 있는 것입니다. 이러한 습관이 지속된다면 이것이 곧 나의 생활 자체가 되고, 책을 읽는 시간이 얼마나 가치 있고 즐거운 시간인지 깨닫게 될 것입니다.

독후감을 쓰기 위해서는 책을 읽어야 함은 말할 것도 없습니다. 그러나 아무 책이나 읽는다고 다 좋은 것은 아닙니다. 특히 중학생은 아직 양서를 구별할 만한 충분한 지식을 갖추지 못했기 때문에 선생님 혹은 부모님, 그리고 선배들이 권하는 책이나, 이미 국내적으로나 세계적으로 잘 알려진 명작이나 명저를 찾아 읽는 것이 바른 방법이라고 볼 수 있습니다. 예컨대 사회적으로 존경받을 만한 사람들의 일대기를 그린 위인전이나 자서전 같은 것은 읽을 가치가 있으며, 명시 모음집이나 명작 소설, 특정한 분야의 관찰기, 평론집 같은 것도 좋은 읽을거리가 될 수 있습니다.

그럼 효율적인 독서를 위해서 유의해야 할 점을 알아볼까요?

첫째, 본문을 읽기 전에 책의 앞부분에 있는 머리말이나 해설하는 글을 먼저 정독합니다. 그러면 책을 쓰게 된 동기나 평가 등에 대하여 잘 알 수 있게 되죠.

둘째, 목차를 잘 살펴봅니다. 목차에서 그 책의 내용이 어떻게 전개될 것인가에 대해 미리 파악할 수 있기 때문입니다.

셋째, 본문을 읽기 시작하면, 그 중에 잘 모르는 단어나 문구가 나오기 마련입니다. 그런 것은 곧 사전을 찾아 뜻을 알아두어야 합니다. 그런 것을 무시했다가는 자칫 전체를 이해하지 못하는 오류를 범할 수 있거든요.

넷째, 각 문단별로 소주제가 무엇인지를 파악하고, 그 줄거리를 요약하는 습관을 길러야 합니다. 특히 필자가 표현하려는 것과 그 뒷받침되는 내용이 무엇인지 알아내는 것이 필수겠지요.

다섯째, 글의 배경은 무엇인지, 앞뒤 맥락이 어떻게 이어지고 있는지를 잘 생각하면서 읽어야 합니다. 그리고 소설일 경우에는 주인공과 등장인물들의 성격이나 특성을 파악해야 하지요.

여섯째, 다 읽은 다음에는 줄거리를 만들어 보고, 전체적인 주제가 무엇인지 정리하는 작업도 필요합니다.

독후감 제대로 쓰기

② 책을 감상하는 방법

책을 읽을 때는 내용을 진지하게 파고들어 가며 읽어야 합니다. 즉 자기의 현재 생활과 비교해 가며 생각의 폭과 사고를 넓히는 것이 중요하답니다. 그리고 작품의 문체·제목·주제·논제 등도 염두에 두고 읽으면 독후감을 쓰기가 좀더 수월해집니다.

그리고 저자가 강조하고 있는 내용과 사건들이 현재 우리 사회에 어떤 의미를 가지고 있으며 어떻게 발전시켜 나가야 할 것인가를 생각하며 읽습니다. 더불어 저자가 작품에서 강조하려고 하는 것이 무엇인가를 파악하며 읽을 필요가 있습니다. 그렇다고 굉장한 부담을 느끼면서 책을 읽을 필요는 없습니다. 책 읽는 것 자체를 즐긴다면 그리 깊게 생각하지 않아도 작가가 말하려는 바를 깨닫게 될 테니까요.

그렇다면 각 문학 장르에 따라 어떤 점에 유념하여 책을 읽어야 하는지 알아볼까요?

┃소설┃ 작품의 주제를 파악하고 작중 인물의 성격과 배경을 생각하며 주인공이 어떻게 변화되어 가고 있는가를 염두에 두고 읽습니다. 자신의 생각이나 현실과 결부시켜 보는 것도 재미를 배가시켜 줄 거예요.

┃시┃ 선입견 없이 그대로 느낌을 받아들이며 읽습니다.

┃희곡┃ 무대 상연을 전제로 하여 쓰여진 것이기 때문에 시간적 · 공간적 제약을 받는다는 것을 염두에 두어야 합니다.

┃역사 소설┃ 인물 · 사건 등을 작가가 상상력에 의존하여 구성한 글로서, 항상 계몽사상이나 민족의식 고취 등 어떤 목적이 들어 있는지를 파악하며 읽어야 합니다.

┃역사┃ 역사는 역사 소설과는 구분지어야 합니다. 이것은 정

확한 기록으로 글쓴이의 주관적 해석이 들어 있을 수 없으며, 시간의 흐름에 따라 사건을 나열한 것임을 생각해야 합니다.

▌**수필**▌ 지은이의 인생관이 들어 있습니다. 심리적 부담감이 적으므로 편안한 마음으로 읽을 수 있습니다.

▌**전기문**▌ 인물의 정신, 자취, 시대적 배경과 사회적 환경을 먼저 파악해야 합니다.

▌**과학 도서**▌ 미지의 세계에 대한 탐구심, 합리적 사고력 배양, 지식과 정보의 입수, 창의력을 기르는 데 도움이 되므로 평소 이에 대한 흥미를 갖는 것이 중요합니다.

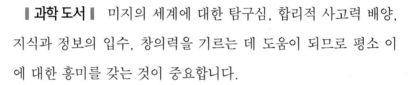

3 독후감이란 무엇인가?

독후감은 말 그대로 어떤 글이나 책을 읽고, 그에 대한 느낌이나 생각을 쓰는 것입니다. 좋은 책을 읽고 그것을 정리해 두지 않는다면 곧 그 내용을 잊어버려, 독서를 한 만큼의 가치를 얻지 못할 수도 있으니까요. 그러므로 한 권의 책을 읽으면 곧 그 책의 내용을 정리하고, 느낌이나 생각을 적어 두는 것이 좋습니다.

독후감은 느낌이나 생각을 거짓 없이 써야 하나, 그렇다고 아무렇게나 써도 되는 것은 아닙니다. 즉 독후감도 글이므로 수필의 형식으로 쓰든, 논술의 형식으로 쓰든, 정확하게 읽고 주제와 내용에 맞게 써야 함은 물론이죠. 아무리 좋은 글이나 책이라도, 잘 못 읽어 실제와 맞지 않는 생각이나 느낌을 쓰면 좋은 독후감이라고 할 수 없거든요. 그러므로 좋은 독후감을 쓰려면 독서를 잘해야 한다는 것이 전제됩니다. 독서를 잘하는 방법은 따로 있는게 아니라, 그저 많이 읽다 보면 요령이 생기고, 이해도 쉽게 되며, 능률도 오르게 되는 것입니다.

④ 독후감은 왜 쓰는가?

독후감을 쓰는 목적은 독후감을 작성함으로써 독서하는 능력이 향상되고 글 쓰는 훈련을 할 수 있기 때문입니다. 그러므로 독후감을 쓰기 위해 책을 읽으면 보다 깊은 생각을 하면서 책을 읽게 됩니다. 또한 책을 통해 생활을 반성하며, 책에서 얻은 지식과 감명을 음미하여 자기 생활에 적용시킬 수 있습니다. 문장력과 논리적 사고가 향상되는 것은 물론이고요! 그럼 독후감을 왜 쓰는지 다음과 같이 정리해 볼까요?

① 읽은 책의 내용을 되살려 다시 음미해 볼 수 있습니다.

② 감동을 간직하고 책 읽는 보람을 얻을 수 있습니다.

③ 책을 통해 지식을 심화시킬 수 있습니다.

④ 책을 통해 자신의 문제를 연관지어 볼 수 있습니다.

⑤ 글을 써 봄으로 해서 생각을 깊이 있게 할 수 있습니다.

⑥ 독서 목표를 확실히 할 수 있습니다.

⑦ 작품에 대한 비판력과 변별력을 기를 수 있습니다.

⑧ 생각을 조리 있게 쓸 수 있는 작문력을 향상시켜 줍니다.

⑨ 사고력과 논리력, 추리력을 기를 수 있습니다.

⑩ 바르게 책을 읽는 습관을 형성할 수 있습니다.

5 독후감을 쓰기 전에 생각하기

독후감은 수필의 형식이든 논술의 형식으로든 쓸 수 있다고 했는데, 사실 이 둘의 차이는 모호합니다. 다만, 수필이 자유롭게 붓 가는 대로 쓰는 것이라면 논술은 논리 정연하게 쓴다는 점이 다르다고 할 수 있습니다.

붓 가는 대로 자유롭게 수필의 형식으로 쓰는 독후감이라도 글의 앞뒤가 맞지 않는다든지, 주제가 통일되지 않으면 좋은 평가를 받을 수 없습니다. 논리 정연하게 쓰는 독후감이라면, 서론·본론·결론으로 나누어 서술해야 함은 물론이구요.

서론에 해당되는 부분에서는 그 책에 대한 소개나 쓴 사람의 생애, 또는 특기할 만한 일화 같은 것을 적는 것이 일반적입니다.

본론에 해당하는 부분에서는 그 책을 읽고 특별히 다루려는 내용을 체계적이고 구체적으로 써야 합니다.

결론에서는 본론에서 다룬 내용을 요약하거나, 자신이 읽은 후의 감상, 그 책의 좋은 점, 나쁜 점 등을 들어서 마무리를 해야 합니다.

독후감은 짧게 쓰는 것이 상례이므로, 작품 전체를 거론하기보다는 특정한 주제를 잡아서 쓰는 것이 좋습니다. 보편적으로 다룰 수 있는 몇 가지 주제를 제시해 보면 다음과 같습니다.

첫째, 작가의 의식이나 주인공의 언행, 성격과 연관지어 주제를 구현시키는 방법입니다.

문학 작품이라면 주제가 애정이나 애국, 의리나 배반일 수 있으므로 이러한 점에 초점을 두고 써야겠지요. 또한 과학이나 업적에 관계된 것이라면, 그 발명의 의의나 연구자의 노력과 관련시켜 서술해야 하겠지요.

둘째, 저자의 이념이나 생애, 업적에 관심을 두고 쓰는 방법입니다.

그 작품을 통하여 알 수 있는 저자의 철학이나 사상 또는 저자가 그 작품을 남기기까지의 역경이나 작품을 쓰게 된 동기, 작품의 가치나 다른 작품에 미친 영향 등 작품과 연관시켜 쓰는 것이지요.

셋째, 작품의 내용을 중심으로 기술합니다

예컨대, 작품 속 주인공의 성격을 분석하거나 다른 사람과 비교해 볼 수도 있고, 그 작품의 사건이나 시대적 배경을 논의하거나, 작품의 구성 같은 것에 초점을 두고 이야기할 수도 있습니다.

이와 같이 작품을 읽기 전에 먼저 어떤 점에 중점을 두고 독후감을 쓸 것인가를 염두에 둔다면, 그렇지 않은 경우보다 훨씬 이해가 쉽고, 나중에 독후감을 쓰는 데도 도움이 될 것입니다.

⑥ 독후감의 여러 가지 유형

1. 처음에 결론부터 쓴 다음 왜 그러한 결론이 도출되었는지 감상을 자세하게 쓰거나, 감상을 먼저 쓰고 결론을 씁니다.

2. 책을 읽게 된 동기부터 설명하고 글 중간에 자기의 감상을 씁니다.

3. 저자나 친구에 대한 편지 형식으로 감상을 쓰거나 주인공에게 대화 형식으로 씁니다.

4. 시(詩)의 형태로 감상문을 씁니다.

5. 대화문(對話文) 형식으로 씁니다.

6. 줄거리부터 요약한 다음 자기의 느낌이나 생각을 씁니다.

🔵 독후감을 구체적으로 쓰는 방법

어렵게 쓰겠다는 생각은 하지 말고 쉽게 써야겠다는 마음가짐을 가져야 좋은 글이 나올 수 있습니다. 그리고 무엇보다 감상문을 쓰기 전에 무엇을 어떻게 쓸까 조목별로 골자를 먼저 쓰고, 이 골자에 살을 붙이는 방법으로 쓰려고 노력해야 합니다. 이때 의도적으로 아름답게 잘 쓰려고 하지 않는 것이 좋습니다. 자, 그럼 더 자세하게 알아볼까요?

1. 먼저 제목을 붙입니다.

2. 처음 부분(머리글)을 씁니다.

    🔊 책을 읽게 된 이유나 책을 대했을 때의 느낌을 씁니다.

    🔊 자신의 생활 경험과 관련지어 써 봅니다.

    🔊 제일 감동받은 부분을 씁니다.

    🔊 지은이나 주인공을 소개하는 글을 씁니다.

3. 가운데 부분을 씁니다.

    🔊 자기의 생활과 견주어 씁니다.

    🔊 주인공과 나의 경우를 비교해서 씁니다.

    🔊 시시비비를 분명히 가려야 합니다.

    🔊 가장 극적이었던 부분을 소개합니다.

4. 끝부분을 씁니다.

    🔊 자신의 느낌을 정리합니다.

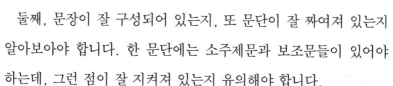 자신의 각오를 씁니다.

독후감을 쓴 다음에는 다음과 같은 추고의 과정이 필요합니다.

첫째, 쓴 글을 다시 한 번 읽으면서 맞춤법이나 표준어 규정에 어긋나는 것은 없는지 살펴봐야 합니다.

둘째, 문장이 잘 구성되어 있는지, 또 문단이 잘 짜여져 있는지 알아보아야 합니다. 한 문단에는 소주제문과 보조문들이 있어야 하는데, 그런 점이 잘 지켜져 있는지 유의해야 합니다.

셋째, 글 전체의 구성이 잘 이루어졌는지 살펴봅니다. 예를 들어 서론에 해당하는 부분이 지나치게 길다든지, 결론에 해당하는 부분이 너무 짧다든지, 전체적인 구성이 균형을 잃고 있다면 다시 고쳐 써야 하겠지요.

우리가 시간을 들여 열심히 책을 읽고 난 후 독후감을 잘 쓰기 위해서는 책을 읽고 있는 동안의 느낌을 잊지 않고 글로써 표현할 줄 알아야 하며, 책을 읽고 가장 감명받은 부분을 기억하고 있어야 합니다. 또한 다른 사람들은 어떻게 독후감을 썼는지 남의 것을 읽어 보고, 자신의 것과 비교해 보며 자주 글을 써 보는 것이 중요합니다. 그렇게 하다 보면 자신만의 개성 있는 필치로 독특한 감상문을 쓸 수 있게 되지요. 학교에서 아무리 독후감 숙제를 내주어도 부담없이 즐거운 기분으로 끝낼 수 있을 겁니다!

🄱 그 밖에 앙아두면 유익한 것들

▌독후감 쓰기 10대 원칙 ▌

1. 자신의 수준에 맞는 책을 선택합시다.

2. 독후감 쓰는 형식이 있기는 하지만 너무 거기에 구애받을 필요는 없습니다.

3. 자신이 작가라면 어떻게 글을 이끌어갈지를 생각하며 읽어 봅시다.

4. 평소 음악 평론이나 영화 평론을 많이 읽어 봅시다.

5. 읽으면서 마음에 와닿는 것이 있다면 따로 적어 둡시다.

6. 현대 사회의 문제점과 비교하면서 읽어 봅시다.

7. 모르는 것이 있으면 적어 두는 습관을 기릅시다.

8. 신문 사설이나 칼럼을 스크랩해서 필요할 때 사용합시다.

9. 요약하는 데에만 집착하지 말고 제대로 책을 읽읍시다.

10. 읽은 후에는 꼭 독후감을 직접 써 봅시다.

▌책을 읽는 10가지 방법 ▌

1. 아주 어릴 때부터 책과 친하게 지내는 습관을 기릅시다.

2. 너무 속독하려 하지 말고 담겨진 내용을 충실히 읽는 습관을 기릅시다.

3. 항상 작품이 나와 어떠한 상관 관계가 있는지 체크를 해 가

246

며 읽읍시다.

4. 무조건 책장을 넘길 것이 아니라 시시비비를 가려 가면서 읽읍시다.

5. 매일매일 조금씩이라도 책을 읽는 습관을 들입시다.

6. 책 속에 담긴 뜻을 음미하고 되새기면서 읽읍시다.

7. 너무 자신의 취향에 맞는 책만 읽지 말고 다양한 장르의 책을 골고루 읽도록 합시다.

8. 책 속에 담겨진 교훈을 깊이 생각하고 생활에 적용시킵시다.

9. 책에 따라 읽는 방법을 달리하는 습관을 들입시다. 모든 책이 만화책은 아니기 때문이죠.

10. 바른 자세로 앉아 눈과의 거리를 30cm 두고 밝은 곳에서 읽읍시다.

9 원고지 제대로 사용하기

▌제목 및 첫 장 쓰기 ▌

1. 제목은 석 줄을 잡아 둘째 줄 가운데에 씁니다.

2. 1행 2칸부터 글의 종별을 표시합니다. 가령 수필이면 '수필'이라고 씁니다. 간혹 글의 종별을 비워 두는 경우가 많은데 이는 적는 것을 잊었거나, 원고지 사용법에 무관심하기 때문입니다.

3. 제목을 쓸 때에는 마침표를 찍지 않고, 물음표와 느낌표는 붙이지 않는 것이 좋습니다.

4. 제목에 줄임표는 사용하지 않는 것이 상례입니다.

5. 이름은 넷째 줄 끝에 두 칸 정도를 남기고 씁니다. 특별한 경우에는 서너 칸을 남겨도 됩니다.

6. 성과 이름은 붙여 씁니다. 다만, 성과 이름을 분명히 구별할 필요가 있을 경우에는 띄어 쓸 수 있습니다. 예) 임채후(○), 남궁석(○), 남궁 석(○)

7. 본문은 여섯째 줄부터 쓰는 것이 좋습니다. 단, 특수한 작문인 경우는 넷째 줄부터 본문을 시작해도 상관없습니다.

8. 학교 이름이나 주소가 길 경우에는 세 줄로 쓸 수 있습니다.

9. 주소는 보통 표제지에 기재하고 원고지 첫 장에는 제목과 성명만 간단하게 적는 것이 상례입니다.

10. 성명의 각 글자는 시각적 효과를 위해 널찍하게 한두 칸씩 비워 써도 무방합니다.

11. 학교 앞에 지명을 기입할 때는 학교명을 모두 붙여 써서 지명과 학교명의 구분을 명확히 해 주는 것이 좋습니다.

▌첫 칸 비우기 ▌

1. 각 문단이 시작될 때는 첫 칸을 비우고 씁니다.

2. 대화체의 경우는 첫 칸을 비우고 씁니다.

3. 인용문이 길 때는 행을 따로 잡아 쓰되, 인용 부분 전체를 한 칸 들여서 씁니다.

4. 첫째, 둘째, 셋째 등으로 이야기를 전개해야 할 때는 시작할 때마다 첫 칸을 비울 수 있습니다. 단, 그 길이가 길거나 제시된 내용을 선명하게 하고자 할 때 비워 둡니다.

5. 시는 처음 두 칸 정도 줄마다 비우고 씁니다.

▌줄 바꾸기 ▌

1. 문단이 바뀔 때는 줄을 바꾸어 씁니다.

2. 대화는 줄을 새로 잡아 씁니다.

3. 인용문을 시작할 때는 줄을 바꾸어 씁니다. 단, 그 길이가 길 때 한해서입니다.

4. 대화나 인용문 뒤에 이어지는 지문은 글이 다시 시작되는 것이므로 한 칸을 들여 씁니다. 단, 이어 받는 말로 시작되는 지문은 첫 칸부터 씁니다.

▌문장 부호 및 아라비아 숫자, 영문자 ▌

1. 문장 부호는 한 칸에 하나씩 넣는 것이 원칙입니다.

2. 아라바아 숫자는 한 칸에 두 자씩 넣습니다.

3. 한자(漢字)로 쓸 때는 띄어 쓰지 않습니다. 그러나 한자와 한글이 함께 쓰이면 띄어 쓰기를 합니다.

4. 마침표(.)와 쉼표(,) 다음에는 통례상 한 칸을 비우지 않으며, 느낌표(!), 물음표(?) 다음에는 통례상 한 칸을 비웁니다.

5. 행의 첫 칸에는 문장 부호를 쓰지 않습니다. 첫 칸에 문장 부호를 써야 할 경우는 그 바로 윗줄의 마지막 칸에 글자와 함께 씁니다.

6. 영문자의 경우, 대문자는 한 칸에 한 글자, 소문자는 한 칸에 두 글자씩 넣습니다.

🔟 문장 부호 바로 알고 쓰기

1. 마침표 : 문장을 끝마치고 찍는 문장 부호로 온점(.), 물음표(?), 느낌표(!)를 이르는 말입니다.

2. 쉼표 : 문장 중간에 찍는 반점(,) 가운뎃점(·) 쌍점(:) 빗금(/)을 이르는 말입니다.

3. 따옴표 : 대화, 인용, 특별어구를 나타낼 때 쓰는 문장 부호로 큰따옴표(" ")와 작은따옴표(' ')를 씁니다.

4. 그 밖의 문장 부호 : 물결표(~)는 '내지(얼마에서 얼마까지)'라는 뜻에 씁니다. 줄임표(……)는 할말을 줄였을 때와 말이 없음을 나타낼 때 씁니다.

11 마치며

초등학교나 중학교에서는 독후감이라는 말을 사용하지만 고등학교에 가게 되면 독후감이라는 말보다는 아마 논술이라는 말을 더 많이 쓰고 더 많이 듣게 될 것입니다. 논술이란 말 그대로 어떠한 논제를 가지고 논리적으로 서술하는 것을 말하는데, 이는 하루아침에 이루어지지 않습니다. 다양한 분야의 많은 것을 폭넓고 깊이 있게 알고, 주관을 뚜렷이 할 때만이 논술을 잘 쓰게 되는 것이지요. 그러기 위해서는 중학교 시절부터 많은 책을 읽어 보고 스스로 글을 써 보는 훈련을 하는 것이 중요합니다.

독후감 제대로 쓰기

실제로 고등학교에 가면 교과목 공부에도 시간이 모자라 제대로 책을 읽을 시간이 없거든요. 무엇을 알아야 글을 쓸 것이고, 자신의 주장을 피력할 것 아니겠어요? 그러니 중학생 시절부터 좋은 책을 많이 읽어 보고, 생각해 보며, 글을 써 보는 노력을 하는 것이 여러분의 미래를 더욱 밝게 해줄 것입니다. 아마 그렇게 한 사람은 그렇지 않은 사람보다 10리쯤 앞서 나가지 않을까 생각되는데 여러분 생각은 어떠세요?

▌성 낙 수▐

한국교원대 교수, 연세대학교 졸업, 동 대학원에서 석사 · 박사 학위 받음.

▌임 현 옥▐

부여여자고등학교 교사, 공주대학교 졸업, 현재 한국교원대학교 대학원에 재학중.

▌이 승 후▐

경주 감포중학교 교사, 영남대학교 졸업, 현재 한국교원대학교 대학원에 재학중.

판 권
본 사
소 유

중학생이 보는
레디메이드 인생

초판 1쇄 발행   2005년 6월 15일
초판 3쇄 발행   2009년 7월 30일

지 은 이   채 만 식
엮 은 이   성낙수 · 임현옥 · 이승후
펴 낸 이   신 원 영
펴 낸 곳   (주)신원문화사
책임편집   박 순 철

주   소   서울시 강서구 등촌 1동 636 - 25
전   화   3664—2131~4
팩   스   3664—2130

출판등록   1976년 9월 16일 제5 - 68호

＊ 잘못된 책은 바꾸어 드립니다.

ISBN 89 - 359 - 1268 - 9   43810

중학생 독후감 필독선

중학생 독후감 필독선